U0804960

# 人生里有你，才不负少女一场

嵇振颉——著

中国致公出版社
China Zhigong Press

图书在版编目（CIP）数据

人生里有你，才不负少女一场 / 嵇振颉著.
-- 北京:中国致公出版社，2017
ISBN 978-7-5145-1125-3

Ⅰ. ①人… Ⅱ. ①嵇… Ⅲ. ①言情小说－中国－当代
Ⅳ. ①I247.5

中国版本图书馆CIP数据核字(2017)第271069号

人生里有你，才不负少女一场
嵇振颉 著

责任编辑：闫一平
责任印刷：岳 珍

出版发行：中国致公出版社
地　　址：北京市海淀区翠微路2号院科贸楼
邮　　编：100036
电　　话：010-85869872（发行部）
经　　销：全国新华书店
印　　刷：三河市明华印务有限公司
开　　本：787mm×1092mm 1/32
印　　张：8.5
字　　数：190千字
版　　次：2018 年 1 月第 1 版　2018 年 1 月第 1 次印刷

定　　价：38.00元

版权所有，未经书面许可，不得转载、复制、翻印，违者必究。

# 目录

contents

## 第一章 轰轰烈烈爱过，这辈子够本了



## 第二章 谁年轻时，没在恋爱pk中摔过狗啃屎

## 第三章 主动一点，幸福不是请客吃饭



## 第四章 我就不信，真爱不会来敲门

# 第一章 轰轰烈烈爱过，这辈子够本了

没有你，我飞得再高也没有意义
爱是一串串动人音符
亲爱的，我愿意为你重新开始
你从我的身边，匆匆路过
谢谢你，踏着月光，走进我的梦乡
你放心，这辈子我黏上你不放
和你在一起才是全世界
遇见你，我把自己弄丢了

## 没有你，我飞得再高也没有意义

### 1

一只受伤的雏鸽，在寒风中瑟瑟发抖。那双绿豆般的小眼睛，直勾勾看着我，渴求我伸出援手。估计再过一段时间，这条小生命就可能悄然逝去。

不忍心袖手旁观，把它领回了凌乱不堪的家，悉心为它调制一日三餐。至于受伤处，咨询了学兽医的同学尽量科学治疗。

这之后，每次下班回家，都能听到它的欢叫声。尽管中作中干的是最苦最累的活儿，但回家听到这一连串动听的鸟叫，再多的疲惫也能弥散。

谢谢你，我最爱的小精灵。但我们不能一直相伴，因为你属于天空。那里才是你展翅翱翔的地方。

分别的一刻，终将到来。

好几次，它拍打翅膀，准备远飞。然后它回过头，恋恋不舍地看着我又停下翅膀。它不想走，正如我此刻的心情。

最终还是狠了狠心，对着天空使劲一抛。

只不过半分钟，它就变成高空的一个小黑点。而我的眼底，慢慢涌出滚烫的泪珠。

想起瑞娟，远在千里之外。没有“天涯若比邻”的闲情，却体味着“一个在天，一个在地”的苦涩。

## 2

那年我们18岁，身处高考的“黑色漩涡”。马瑞娟是高三上半学期转来的女生，有一双摄人心魄的大眼睛，左右脸颊有两个小酒窝。她和我前后桌。她很爱笑，特别会冲我傻笑。她的笑点很低，从网上批发过来的小段子，总能让她笑得前仰后合。

感谢上苍，把她及时送到我身边。要不然，真担心这段“高压时间”会不会憋出什么心理疾病。

“你想读什么学校？”马瑞娟闪着那双迷人的大眼睛问我，问完她很认真地看着我，但是我忽然觉得她的眼神，和平时有些不一样。会不会是我多心？我只能极力遏制心中那个“邪恶”的想法。

“还没想好，你怎么打算？”希望听听她想去哪里。只要是她报考的学校，那就是我未来的母校。“我想当老师，听说国家推出免费师范生政策，学费全免，还有生活补贴，毕业后工作还包分配。家里经济条件不好，不想再给父母添什么负担。”

她的话说到我心里。我父母也是农民，为了供我上学，两个妹妹初中毕业就出去打工。我的学费里，就有妹妹们的血汗钱。太有名的学校，不敢去奢望。

几个月后，我们走在师范学院的校园里，她读英语专业，而我专攻社会学。大学四年都没荒废。情侣们花前月下，看电影、去郊外游玩。同寝室有一同学，每个月谈恋爱开销超过千元。他对女生向来出手大方，什么要求都尽力满足；而对他自己，恨不得连一日三餐都省掉。实在饿得不行，就弄两个馒头，嚼点咸菜；或者泡一碗方便面，连汤水也不浪费囫囵吃下。

何必要这样？打肿脸充胖子，有意思吗？

和瑞娟实说自己的经济情况，她没有嫌弃我。图书馆、自习教室、大学生活动中心，待在这些地方不花什么钱。谈恋爱心心相印就可以，何必要和物质这些俗不可耐的东西扯在一块儿？

学生时代，就是这么单纯。真希望永远停留在象牙塔内。难怪现在青春片大热，很多人都在怀念终将逝去的青春、追忆那些年追过的女孩。

大学时间太过短暂，找工作还是考研，这是毕业生面前一道很现实的问题。瑞娟想考研，这几年学历大幅度贬值，本科学历根本拿不出手。去过几家公司实习，对方直接说要招硕士，这更坚定她继续提升学历的决心。

可我不想读研。两人都耗在学校里，经济压力太大。既然瑞娟有这个想法，那就满足她的上进心。

我在学校咖啡馆里说出这个提议时，她很惊讶地望着我，眼神中带着遗憾。这是我们第一次进咖啡馆，各自点了一杯香浓咖啡。

都快毕业了，总该奢侈一回。咖啡真苦，还有股奇怪的味道，我实在喝不惯。

瑞娟见我态度如此坚决，紧紧握住我的手，感激地说："你放心，我一定会考上研究生。毕业后，我和你一起为幸福生活奋斗。"怀着感激之情，瑞娟投入到复习应考中。

## 3

一家火锅店的校园招聘，参加宣讲会的人稀稀拉拉。拿到招聘职位，顿时有种错位感。本以为招聘储备店长或管理人员，上面却写着"服务员"的岗位要求。服务员还要找大学生，这不是摆明大材小用吗？转念一想，艰苦环境更能锻炼人。赶紧递上简历，招聘人员还算满意，当晚就通知去面试。坐在我面前的，是一位五十岁左右的中年人，自称这家火锅店的店长。看来，这是家新开的火锅店，招个小服务员还要店长亲自出马。没说几句，录用的事就敲定下来。

本想打电话向瑞娟报喜，手机号码按了一半，又悉数删去。大学生当服务员，不是什么光彩的事，还是先瞒着吧。

第一天上班，就遇到蛮不讲理的顾客。明明点了一份鸡翅，他愣说没点。这份鸡翅是我上的，他让我端回去。这怎么行？菜都端上了桌。但他是顾客，是上帝，只好装出一副笑脸，把能想到的好话全都说一遍。他得理不饶人，把最难听的话扔给我。

这场面真滑稽，一边是破口大骂、脏话连篇；一边是低头哈腰、唯唯诺诺。直到最后领班出场，危机才算化解。我当然也没好果子吃，这份鸡翅由我埋单。

总算熬到晚上11点，我睡眼惺忪地整理杂乱的餐桌。连续奋战十二个小时，站得腿脚酸麻，还要忍受别人辱骂。以前从未经历如此委屈，鼻子一酸，眼泪差点流下来。但在瑞娟面前，不能显露出一点难受。要是给她知道，她还能安心读书吗？

真的猛士，敢于直面生活的惨淡。幸好我惨淡的人生，还有瑞娟作为支撑。

周末下午，依旧在店里忙碌。突然，一个熟悉的身影出现在眼前。正想躲避，但她已经看到我。我只好对瑞娟撒谎：“我今天休息，只是替朋友代班。”瑞娟没有追问，心安理得地吃我请她的火锅。

有种不祥预感，越来越强烈。都说恋爱中的人，如果分开时间偏长，分手的概率会呈现几何级上升。只好想尽各种办法，找机会和瑞娟待在一起。

每次去看望瑞娟，她身旁都围着追求者，个个看上去比自己优秀。有个男生和瑞娟走得很近，我曾试探性地问他是谁，瑞娟说是学长，他们在讨论学生会的事。

心中愈发不安，大学毕业成为我和瑞娟人生的分水岭。瑞娟举止越来越自信，谈吐落落大方，甚至皮肤都比以前光洁。而我的皮肤变得黝黑粗糙。下班后，肚子常常很饿，会去吃点夜宵充饥。时间一长，还长出啤酒肚。

我终于意识到：瑞娟已经插上翅膀，飞上云端；而自己在底层沼泽里越陷越深。睡梦中，她和别人依偎在一起。冒失地冲上去揍那小子一顿，结果自己被打得鼻青脸肿。醒来时，感觉全身疼痛，好像真被结结实实地打了一顿。

每一天，都在担心那个时刻的到来。牢不可破的感情基础，脆弱得像一张薄薄的A4纸。只好拿出相机，用照片填饱这颗饥渴的心。照相机的存储卡里，记录着瑞娟看书、走路、吃饭的场景。镜头中，她笑得很灿烂，而我却悲凉丛生。

我们终将有分道扬镳的一天，这些照片或许还承载关于爱情的记忆……

## 4

由于在校期间成绩优异、表现出色，瑞娟硕士毕业被山东一所高校聘用。得到消息后，我第一时间向她表示祝贺，语气中却难掩失落。瑞娟想让我一同到大城市发展，而想到要陪伴孤苦伶仃的母亲，我又怎能离家远行呢？

电话里，我们发生了争执，这是我们认识以来最严重的一次争执，谁都不肯退让，火药味极浓。

此后很长一段时间，都没有瑞娟的消息。该来的终究会来，又何必生活在幻想和担忧中？趁早清理记忆内存，为新的情感留出空间。我确实不适合瑞娟，她那么优秀，怎么会看上我这个泥腿子？

半个月后，我疲惫不堪地回到住处。瑞娟却站在门口，穿着一条花色裙子。她笑盈盈地对我说："骆驼，我放弃留在大学里任教的机会，要永远陪在你身边！"

一个寒门子弟，研究生毕业被高校录用，不啻鲤鱼跳龙门。怎么能为我放弃飞翔呢？我心痛地拉着她的手："不行！你应该去追逐心中的梦想，不能这样埋没自己。"

马瑞娟轻轻拂开我的手，一字一句地说："没有了你，我飞得再高也没有意义。"

她紧紧抓住我这双粗糙的手，动情地说："这几天彻夜难眠。自己能有今天的成就，离不开我的鼓励和支持，我放弃考研，放弃深造，用辛苦挣来的钱成全她。这份情，这份爱，她今生今世都难忘记。"

她还递给我一本日记，上面有她对我近一千个日夜的思念。翻到某一页，那句话让我心头一颤：我从来没觉得你的工作有多么卑微，在我心里，你就是最帅的服务员。

原来，她很早就知道我在做服务员。为了保留我的尊严，她装作一无所知。

这年八月，我和瑞娟双双参加中小学教师特岗考试，均顺利通过，最终选择老家一所初中任教。我们最终都圆了教师梦。只是这次，是瑞娟停下脚步等我。

这场婚礼办得不隆重，也不奢华，双方亲戚朋友，加起来就几十号人，勉强凑齐六桌。瑞娟本来就很漂亮，穿上婚纱更美得惊艳。我只是个土包子，穿上西装，怎么着都不自在，像个不入流的滑稽小丑。

婚礼上，我动情地说道："七年时光，我们早已融进对方生命，因为爱，我们可以为了对方，低到尘埃。当初，我为她放弃考研，而她为了能与我在一起，放弃了留在大城市的机会。今生今世，我们将不离不弃，生死相依！"

我酒量不大，这一晚喝得酩酊大醉。只要有酒递过来，二话不说直接一口闷，像是在喝白开水。

"没有了你，我飞得再高也没有意义。"和相爱的人在一起，任何名利和荣誉都无法与之相提并论。两人一同为未来的美满幸福打拼，这样的人生之旅才值得期待和憧憬。

# 爱是一串串动人音符

我不是一个音乐感特别强的人。然而萨克斯之于我，却有着一种特殊的魔力，总能让我忘记浮躁，“不知有汉，无论魏晋”地沉浸其中。从萨克斯管吹奏出的音符，时而清亮刚硬，时而柔和细腻，金属特有的质感极具穿透力，带给人无限遐想和向往。

从此，一首首萨克斯乐曲走进我的生活。伴随着《早晨》，清晨的第一缕阳光照亮眼前的世界，一杯清茶，开始一天的工作；当午后的阳光洒遍每个角落，一首《茉莉花》、一杯拿铁、几页读物，落得片刻休息刚好；随着《回家》回家，在《平安夜》中入睡……

然而决定从一位听众升格为吹奏者，肇始于公园中与一位中年人的偶遇。

他让我明白：爱不需要千言万语，亦不需要惊天动地的行动。有时候，爱就是一串串动人音符，让两颗相爱的心不再遥远。

# 1

周末到公园散心。

湖边，清风拂面。年轻父母推着儿童车，脸上荡漾着笑容。几位老人，在亭子石凳上摆下棋局，楚河汉界中演绎烽火春秋。还有几对情侣，相互依偎、卿卿我我，说着悄悄话，仿佛此刻的世界，只属于他们。

这时，传来一阵悠扬的萨克斯音。那么舒缓，好像一条平稳流动的小河，轻柔地湿润心灵。我不禁被这音符吸引过去，希望一睹吹奏者的风采。

他穿着灰色衣服，头上戴着鸭舌帽，身前架子上支着曲谱，旁边放着一只红色布袋。他吹得极其认真，让人不忍心去打断。

几曲终了，他停下来，从包中掏出一瓶水，“咕咚、咕咚”喝起来。听到我的点赞，他淡淡笑着，摆摆手说我言过了。

问他，是不是小时候就开始吹萨克斯。他说不是，半路出家，吹萨克斯，完全是为了他妻子。

他妻子好幸福。这个看上去有些五大三粗的男人，为讨妻子欢喜，愿意去学乐器，这得是多么炽热的爱啊！

他的眼圈却红了，一度哽咽……

我为无意间触碰他人的痛点而自责。

## 2

他原是一家企业的老总，每天有忙不完的事，决策、谈判、应酬。

家，对他来说只是免费旅馆。常常不能回家，有时会打电话通个气，有时连电话也不愿意打。都老夫老妻了，她也习惯了。

自己不是第一次不回家，她不会因此愠怒。

他的妻子是个中学音乐老师。除了教书育人，闲暇时喜欢吹萨克斯。有时候早回来，音乐款款迎接他。妻子吹得很好听，他打心眼里喜欢。

但他忙，忙得不可开交。稍有耽搁，可能会与大单失之交臂。只能让这些音符，留给墙壁去倾听。

有一次，他看到妻子眼角挂着泪。他明白妻子的不易，用力把这个女人搂在怀里。她不再那么年轻、漂亮。但二十多年前，她没嫌弃自己是个穷小子，毅然和他走到一起。就冲这一点，这辈子都不能辜负她。

他想好了，等公司正式上市，他就把决策权交给年轻人。岁月不饶人，他觉得精力越来越无法应付繁杂的事务。大半辈子挣来的钱，足够他们夫妻俩幸福的晚年生活。等他退下来，就带着妻子周游世界。年轻时，他曾经许下这个诺言。

那天，他正在公司处理一件烦心事。下属办事不力，客户提出要终止合同。这哪行？上亿元的订单啊！

他赶忙动用一切人脉，细心周旋，尽力弥补。焦头烂额时，儿子打来的电话。他有些不耐烦，没接。电话又好几次响起，他一次次摁掉。儿子发来的短信，很短的一句话：“爸，妈查出癌症晚期，快来第一人民医院。”

他手一软，手机摔落到地上。匆忙向秘书交代完，连司机也顾不上叫，自己开车去医院。

一路上连着闯红灯，更让他焦躁不安。没有了平时的温文尔雅、儒商气质，还对着停车场般的交通爆了几句粗口。

再次见到儿子，他已克制不住内心的情绪。但在妻子面前，他只能故作坚强。妻子的脸色，苍白得没有一丝血色。

化疗、放疗，妻子身体状况一天天糟糕下去。弥留之际，口中念叨着什么。

听不清楚，他只好把耳朵贴在妻子嘴边。“萨克斯”原来妻子惦念这个宝贝。

他急忙开车回家，取来那支萨克斯。很长时间不吹，上面有层灰尘。妻子连话都说不出，怎么还有力气去吹？她仔细地看着这支陪伴她二十多年的萨克斯，仿佛不看就再没有机会。

旁边的主治医师办公室，他泪流满面地面对一张薄薄的A4纸。

那是一张字迹工整的病危通知书，没有医生通常的龙飞凤舞。

他轻轻抚摸这支萨克斯，这位牵线搭桥的“月下老人”。当时，他路过公园，听到还不曾是他妻子的她在吹萨克斯。他被这音乐俘获，两人关系迅速升温。

无数次约会中，他听着她吹萨克斯，好像一位乐迷，听大师在演奏。

妻子吃力地抬起手，摸了一下萨克斯，随后手悄然垂落下去。

## 3

办完妻子的后事，人生的“移动硬盘”彻底清空。以前商场拼杀，就是为了两人的晚年生活。现在妻子走了，他挣到再多的钱，也变得寡然无味。他选择放下，把重要事务交给年轻人，自己退居二线。

回到这个家，突然觉得很陌生。没了妻子，这个家不再完整。看到那支萨克斯，似乎看到亡妻的笑容。

我要吹奏萨克斯，或许这么做，能找回和妻子在一起的时光。

他在企业管理方面是把好手，但在萨克斯方面，一窍不通。一次路过小区门口，看到居委会张贴出来的通知，让他顿时双眼放光。社区老年大学开设艺术兴趣班，里面就有萨克斯培训班。一看报名条件，心就一冷：只有60岁以上的老年人才能报名，他才48岁。

工作人员很委婉地说，兴趣班名额有限，优先提供给老年人。如果报名截止还有名额，会电话通知他。

一连等了半个月，始终未接到通知。他又来到老年大学，工作人员很惋惜地说，报名人数太多，只能再等下一期培训。

他不愿再等下去。既然老年大学不要自己，就去社会上的培训机构。回家路上，他路过一所艺术学校，工作人员还以为是给他儿子或孙子报名。当他说出自己想学，对方的嘴巴努成了0形。

社会培训机构不会拒绝生意。第一次踏入课堂，和他一同学习的是中小学生。其他人，用异样目光看着他。他顾不得这些，仔细听老师讲解技术要领。

毕竟岁数大了，接受能力大不如前，动作总显得那么不协调，顾了这边，忘了那边。学了一个月，还是无法吹出一首完整曲子。

天赋不足，只好用勤奋去弥补。他开始日夜练习，很多时候吹得筋疲力尽。每当他准备放弃时，看到墙上那张结婚照，上面年轻的妻子带着笑容。他又拿起萨克斯，继续操练白天学到的东西。

## 4

此后一个月，他进步很大。那次汇报演出，是他第一次登台。仿佛觉得，妻子就坐在观众席中，倾听他几个月的学习成果。

演出大幕落下，他久久不愿离去。面对空荡荡的观众席，他就这样站着，手中拿着萨克斯，嘴里喃喃说着什么。

再后来，他来到公园，这是妻子以前经常吹奏萨克斯的地方。他旁若无人地吹着，希望这些音符能传到天国，传到亡妻耳朵中。

我为他的故事感动，这是个有情有义的男人，为了表达思念之情，哪怕舍弃很多东西。我向他表示祝福，随后静静离开。这是属于他和妻子的“音乐会”，我还是不掺和为好。

我想到自己的老公。一直想心疼他，希望为他分担些什么。现在，终于找到答案。就学萨克斯吧，用音乐舒缓他紧张的神经。

爱，就是那一串串动人的音符。

# 亲爱的，我愿意为你重新开始

## 1

夏日夜晚，不知隔壁家养了什么动物，不时发出叫声。

我在家中踱来踱去，一次次瞅墙上的时钟。时针每前进一格，内心就会抽动一下。

时间已近十点，妻子小梅还未回家。打她手机，无人接听。得不到确切消息，我顿时乱了方寸。“咣当”，好像是玻璃打碎的声音，接着是一男一女的激烈争吵。

不去理会外面世界的纷扰，我只想听到妻子熟悉的声音。只要她平安，我愿意用任何东西交换。

“圣上，接电话啦。”晚上十一点，略带搞笑的手机铃声响起。这是为妻子专门设置的铃声，我顿时激灵一下。

“你妻子在人民医院，还未脱离生命危险。”对方惜字如金，不肯多说一句废话。

慌乱中，连房门都没来得及关。街上倒是静得出奇，出租车在空旷马路上飞驰，还有我“扑通扑通”的心跳声。

到医院后直冲抢救室，焦急等待中，我一夜没合眼。第二天清晨，小梅从昏迷中醒来，讲述昨晚的遇险经历。

昨天下班前，小梅接到一项紧急任务：领导临时决定，到小梅所在的部门调研。小梅是单位里一支笔，给领导写稿子的事，自然落到她身上。工作一忙，她忘了给我打电话。晚上九点多，一篇5000多字的汇报稿终于完成。

小梅走在这条熟悉的路上。路边有条小河，河水潺潺流着。月光照射下，像块墨玉，不时泛着点银光。这条路有些僻静，平时走的人就不多，到了晚上，就更显出一份空灵。每次走这段路，她都有些害怕，不禁加快步子。

一个小精灵在眼前忽闪忽闪，浑身散发纯绿色的光环。萤火虫，真的是萤火虫。

眼前的光环使她倏然想起小时候，每年暑假去农村的外婆家。野外，总有这些绿色精灵，肆意挥舞翅膀，把夜色装扮出梦幻气息。外婆讲故事，她蹲在旁边仔细听着。萤火虫在不远处飞来飞去，似乎也对精彩的故事恋恋不舍。

童年一去不返，正如很多年没再见过萤火虫。和这些“梦幻精灵”再次相逢，她怎能不激动？萤火虫飞到哪儿，她就追到哪儿。结果，一脚踩空，摔进了小河。

“我多么希望有一片土地，到了晚上，空中飞舞着很多萤火虫。你看这样行吗？干脆我们自己建个纯天然的农场庄园，把萤火虫召唤回来吧。”即使还在病痛中，小梅还是惦念着萤火虫。

这个想法让我很纠结。我出生在山西农村，小时候家里很穷。环境逼我发奋苦读，以高分考上北京一所著名高校，随后又是硕博连读。完成博士论文，我曾赴日本做访问学者，学成回国，作为优秀人才被一家植物园引进，专攻基础资源研究。

事业小有成就后，各方面都很优秀的小梅走进我的世界。她是那么贤淑、善良，无条件地支持我的事业。然而现在，一切刚刚稳定下来，她却提出如此“不靠谱”的想法。

如果顺着她，就要放弃稳定工作和优厚待遇，进入山区农村做职业农民。这么做，父母会答应吗？乡亲们和周围人会怎么看？但拒绝她，她肯定会很伤心。小梅很快出院，好几次表达相同的想法。

那一个月间，是我抽烟最凶的时候。最终，我诚恳地对小梅说：“既然你有这个想法，当然要支持。幸好我有这方面的技术知识，让我们一起打造一座萤火虫农场。”

带着多年积蓄和几位朋友提供的资源，我和小梅双双辞职。经过朋友介绍，一头扎进这座大山中。以前，这里附近有家化工厂，随意将工业废水排入小河，严重污染当地的水土。改良土壤的成本过高，又需要耗费时间，才让很多投资人知难而退。

不过，我和小梅却看上这片土地，投资100万，租下500亩土地，开始从未体验过的农耕生活。我们盖了一座破旧小屋，这是属于我们爱的小巢。

## 2

萤火虫对生态环境要求很高，要让它们来“做客”，首先要进行彻底的土壤改良。这方面难不倒我。引入大功率挖掘机，把原来的平地改成坡地，便于沥水排污,又把被污染过的表土翻挖出来，用里面没有被污染的生土进行种植,再将杂草铺在土地上，进行养土。

“这两个城里来的‘娃娃’想干吗？种庄稼，平地最好使，现在弄得坑坑洼洼,还有坡度，播种、施肥肯定变得更困难。他们不是吃饱了撑的吗？”

村民眼里，我俩成了“傻蛋”“二货”，明明不会种地，还敢来瞎折腾一番。也许要不了多久，就会狼狈逃回城里。我没有进行任何反驳，事情做好了，别人自然会刮目相看。

翻土、养土持续一个多月，经过测试，土壤肥力终于到达要求。我们种了280亩葡萄、160亩枇杷和一些瓜果，这些都是小梅的想法。为防治病虫害，还种了一些烟草、大蒜和中药材，利用这些植物的特性，杀死土壤中的有害生物。苗种下去，我们开始辛勤劳作。

农场的事务百业待兴，我和小梅事必躬亲。每天凌晨五点，就着昏黄的灯光起床。简单用过早餐，呼吸着高浓度负离子的新鲜空气来到农场。

三伏天是极大的考验，顶着毒辣辣的太阳，在地里耕种、除草。汗水湿透衣衫，几乎能拧出水来。一天下来，要洗四五次澡，吃了晚饭后累得“一沾枕头就睡着”。

杂草成了心头大患。只能用最原始的除草方式：用手拔。实在忙不过来，就请附近村民一起拔草，后来采购一台进口除草机割草。一年下来，光是除草费就花了近20万元。

农场刚有起色，老天爷却不帮忙，连着很多天不下雨，果树上的叶子都打了卷儿。附近有几条小河，多日不下雨，河水几乎干涸。我们只好去更远的地方寻找水源，在20多里外找到一条清澈的溪流。来回一趟，需要三四个小时。

抬头仰望苍天，碧蓝碧蓝的，PM2.5肯定达标。真希望此刻乌云密布，配上一场及时雨，让地里的植物喝个够。

或许我们的诚心感动苍天。几天后，黑云裹挟着大风，以不可阻挡之势压过来。顷刻间滂沱大雨，雨点重重砸在树梢上。笑容，绽放在我脸上。雨越下越大，连续几天几夜，似乎没有停歇的意思。

我们开始恐惧，祈求云开雾散。可是天像捅了个窟窿，很难再把水滴收住。那个晚上犹如末日降临，果园被雨水冲得七零八落。第二天醒来，庄园内一片狼藉。到处是折断的枝杈，真是泥泞不堪。粗略估算一下，这场灾害至少造成30多万元的损失。

小梅梨花带雨地对我说："亲爱的，都怪我不好，不该提出这个不靠谱的想法。现在我们赔了这么多钱，工作又没了，往后的日子怎么过啊！"

我轻轻抚摸着小梅的头发，农场创办以来，小梅瘦了很多，人也变黑了。面对飞来横祸，我也手足无措。但我是男人，不能在小梅面前显出软弱。

我一脸不在乎地说："没关系，钱是人挣的。只要我们够努力，以后农场会红火的。但赚钱不是最终目的，我希望帮你找回萤火虫，圆你儿时的梦想。你放心，这些小精灵会来拜访我们的。"

经历这场劫难，发现当初规划农场时存在严重缺陷。要是今后再遭遇类似的自然灾害，还会发生水漫金山的状况。我想到在低洼处建一个蓄水池。平时不下雨的时候，可以用来灌溉田园；遇到降雨过强时，可以将雨水导入池中，避免果园被淹。不仅彻底解决干旱和洪涝的威胁，还能在池中养鱼，产生经济效益。

## 3

好在此后，老天爷再没闹情绪，一切都风调雨顺。就在这时，小梅的家里传来坏消息：她的老父亲旧病复发，已经被送进医院。小梅面露难色，一边是我们共同的事业，一边是深爱的老父亲。

“你回去陪你爸吧。他这么大岁数，需要你在身边。这里我一个人能应付。”小梅走后，日子过得更辛苦了。最难以忍受的，是无处倾诉的寂寞。以前的日子也很单调，但晚上还是缠绵和美妙的。我期盼小梅早点回来，好陪自己唠唠嗑。

三个月后，小梅的父亲总算脱离危险，回家静养身体。收获季节到来，我们又开始忙碌，抢收挂满枝头的果实。下一步，就要联系销售商，将这些新鲜蔬果售卖出去。今年各地都丰收了，全国各地的果品源源不断地上市，价格呈现暴跌趋势，甚至连种植成本都不够。砍价贱卖，一年辛苦白忙活；不卖，果子烂在仓库里。

我咬咬牙，卖吧，能捞回点钱就行。一算账，亏掉整整20万元。当初投资的100万本金，现在估计一半都不到了。

“亲爱的，你会怪我吗？如果不是我出这个主意，或许我们可以买更宽敞的住房，不需要住在这间简陋的小屋中。”小梅泪眼婆娑，她开始自责。

“你说什么呢？只要你高兴，亏点钱算什么。最重要的是能和你在一起打拼，就是茅草屋也赛过别墅。”小梅在我的脸颊，留下深深一吻。

这天晚上，劳累一天的我们吃着粗茶淡饭。小梅又吐了，这些天好几次出现这种情况。没办法，我只好带着她去县医院检查。小梅怀孕了，这让我始料未及。

结婚前去做孕检，小梅被检出很难怀孕。当时，小梅还在担心我会离开她。“没事，孩子的事以后再说。如果你喜欢孩子，我们可以领养一个。”或许是山里空气好、水质佳，竟治愈了小梅的不孕症。

高兴之余，我们觉得这孩子来得真不是时候。现在事业还不顺，有了孩子，肯定要分散更多精力，这是我们不愿见到的局面。

小梅抿着嘴唇说：“我们不要这个孩子吧。反正我以后还能怀孩子。”

“这个，让我再考虑一下。”

这天晚上，我坐在小屋前。面对一轮明月，朦胧中看到一个婴儿，笑嘻嘻地看着我。随后一阵黑风，将孩子刮走了，随之而来是满园的绿色。“不要”我从梦中醒来，痴痴地看着眼前的果园。

为了梦中的萤火虫，小梅去医院做了人流手术。

## 4

我们熬过几百个日夜，荒地迎来消失多年的生灵：癞蛤蟆在田间跳动、蜘蛛在果树上织网、各种不知名的鸟儿在枝头鸣唱。最让我们激动的，是萤火虫飞来了。夏夜里，洁白的月光泻在地上，一盏盏绿莹莹的“小灯笼”忽明忽暗地游荡……

这只是个开始。我的小屋前，有从欧洲引种回来的彩色三叶草、北美冬青、柠檬桉等多种稀有植物。为了让庄园被更多人知晓，我在微信公众号、博客和微博，发布一张张萤火虫照片。这些艺术化的照片，勾起很多70后、80后的兴趣。来庄园的游客越来越多，我结识了很多年轻人。其中，有些人表示愿意领养果树。

我决定重新规划果园的功能设计，专门开辟出一片空地，建造几栋农家小楼，作为都市人休闲旅游的居所。如果有兴趣，还能亲身体验水果种植、采摘的乐趣。

此外，萤火虫纷飞的场景再浪漫不过，要是情侣能身临其中，一定会增进双方的感情。我还推出情侣套餐，价格比普通农家乐稍贵一点，提供专业水准的写真拍摄，让镜头定格一个个美好瞬间。

“萤火虫，萤火虫，慢慢飞/夏夜里，夏夜里，风轻吹/怕黑的孩子安心睡吧/让萤火虫给你一点光/燃烧小小的身影在夜晚/为夜路的旅人照亮方向/短暂的生命，努力地发光/让黑暗的世界，充满希望。”歌手伊能静在《萤火虫》中动情地歌颂着萤火虫的光亮。

夏日的晚上，庄园内的果树旁，有很多绿色的精灵在翩翩起舞。我和小梅依偎在一起，仿佛回到热恋的时候。

“呃……”小梅似乎想吐。

我冲她会心一笑，这次，我终于能做爸爸了。

# 你从我的身边，匆匆路过

## 1

灰蒙蒙的天，飘着漫天大雪。白色雪花，如同樱花散落在空中，真的好美！

前面有个可爱的女生，穿着白色羽绒衣。如同一只小鹿，蹦蹦跳跳从远方踏雪而来。渐渐近了，被她灵动的、清纯的双眸深深吸引。她在我的脸颊上，留下轻轻一吻。

刚想抓住她，她却灵巧躲开，和我在雪地里捉起迷藏。哎，我太笨拙，总比她慢一拍。指尖眼看就要触到她，总是抓个空，手心只有冷冷的空气。刚想放弃，她站在不远处抿着嘴朝我笑。这丫头片子，一定要逮到她，好好修理一番。

跑累了，我斜靠在树上，粗粗地喘着大气。她突然从树后蹿出来，把圆圆的小脑袋倚靠在我的肩膀上。刚要吻她，她的头从我肩上撤下，一脸坏笑地说：“你真笨！要受罚哦！”

我一脸无辜地看着她：“好吧。”

“闭上眼睛，惩罚开始。”我偷偷睁开眼皮，从缝隙中观察她的一举一动。她缓缓捧起一堆雪，走路的步子很轻盈。“你偷看！不带这么玩的。再这样，我生气啦！”

这回，我乖乖的闭上眼睛，等待那令人忐忑不安的惩罚。

一股冷气，从脖颈一直传遍全身，好像无数根金针扎着身体。

她竟把雪塞进我的脖子里。

我不顾一切睁开眼睛，发现自己坐在书桌旁。胳膊肘下，是一本青春文学杂志。刚才趴着打了会儿盹，纸张弄得有些褶皱。瞅瞅上面的文字，正是描写一段凄美的校园之恋，读来令人唏嘘。

“瞧你，刚才在梦里说着胡话。她是谁？是你的初恋吗？”我不知梦中女孩姓甚名谁，只能支支吾吾。但这个身影，总有种似曾相识的感觉。女友芳芳对我比较宽容，没有再追问下去。

晚上陪芳芳看韩剧，剧情很虐心，男女主角几次要走到一起，却被各种因素强行拆开。芳芳哭得稀里哗啦，不停接过我递过去的餐巾纸，足足用掉一包。

哎，这导演真是残忍，为什么要设计如此曲折的剧情。这要“毒害”多少看片的女孩子，顺带受伤的还有她们的男友。

最终，那个女主角在一次车祸中意外身亡。危急关头，她死命护在男朋友身上。即便如此，男主角脑部严重受伤，关于她的记忆彻底消失。几个月后，男主角康复出院，完全忘记这段凄美之恋。或许，这对他是一种解脱。

又过了一年，男主角爱上另一个女孩子。看到这里，芳芳瞪着眼对我说："你们男人都不是好东西。女生为你们，连生命都能豁出去。他倒好，又爱上别人。换作我，先保住自己的生命。"

其实，这怎么能怪那个男主角？他都失忆了，此前一切经历都化作尘土，被深埋地下。但那个女生确实蛮可怜的……

想到这里，头突然剧痛起来。这痛来得蹊跷，毫无征兆。吃了点止痛药，效果也不明显。只好去医院，也没检查出结果。或许我太累了。这段时间常常加班，为了那个不容有失的活动策划案。但愿一个月后的年会，不要出什么差错。

## 2

此后看到类似的虐心剧，都会间歇性头痛。芳芳笑我，你简直比女孩子还女孩子，怎么有颗玻璃心？只能怪自己多愁善感，也许是这些年情感小说看多了、也写多了。

不过，生活需要这样的插曲。否则整天伏案工作，心理再健康的人，也会被折腾出什么抑郁、偏执。

年会如期在一家高档商务会所中举行。全体员工穿着正式礼服，谁都想在总裁面前，显露最光鲜的一面。巨大的红色幕布、横幅，还有水晶吊灯、挂饰，衬托出一派雍容华贵。

年会开始，总裁向全体员工通报公司业绩，并展望未来发展前景。总裁发言结束，接下来是公司客户代表祝词。这位老总身边，是个年轻漂亮的女孩子。她身着一件淡黄色的晚礼服，好像一位高贵的公主，脚上一双乳白色过膝长靴，修长的美腿让人沉醉。

她和梦中女孩几乎一模一样，世界上会有如此巧合之事？

她很大方地向我介绍自己："我叫张倩，是易飞集团董事长助理，很高兴能够认识你。看你忙前忙后的，这场盛大的年会是不是由你牵头筹办的？”

头部又开始隐隐作痛，这究竟怎么回事？“你没事吧。看你脸色不太好，是不是这段时间太拼了？虽然我们还年轻，但工作要悠着点。我认识一个老中医，他配的膏方很管用。以前我身体不好，常常头疼脑热。吃了他开的膏方，精神好多了，要不你也去试试？”

“谢谢你的关心。没事，我就是有这怪病。去医院也检查过，没查出病因。”

“你还是要去看看，一直头疼总不是个事。”

这头疼，一直延续到年会结束。后面还有一些娱乐活动，只好提早回家。顾不上洗漱，也顾不上和芳芳亲热，直接倒头就睡。

女孩又出现了。我们在雪地上跑着，和风比速度；小心地捧起一大堆雪，用力抛向空中，雪花如同天女散花一般，在空中画着优雅弧线。滚了一个大雪球，堆成不成样子的雪人，用树枝做它的五官。

雪地上，还出现一座房子，当然不是用石块砌成的。这就是我们的小屋，藏着两颗贴得很近的心灵。女生冲我咯咯笑着，俏皮地钻进小屋。她刚进去，雪屋轰然倒塌，只留下白色的一大片雪花。

我急了，拼命在雪地扒拉着，什么也没有。女生去了哪里？为什么总是与我捉迷藏？继续这无谓的挖掘，只有寒冷和无助包裹着我。

她太神秘了，来得突然，离开时也悄无声息。我一直想搞清楚她的身份，可是这段记忆被刻意删去，无法找出任何蛛丝马迹。我开始莫名烦躁，整日坐立不安。或许只有找当事人才能弄清楚。

雪越来越大，借着风势，天地间都是雾蒙蒙的一片，睁眼都有些困难。我在雪地上盲目走着，终于遇到那个小白点。

这次，她露出不高兴："你怎么才来？都快迟到一小时了。"还没等我开口，她又开始往前跑。"等等，我想先知道，你叫什么名字？"

"你怎么会问这个问题呢？你怎么会不知道我的名字呢？你、你……"她显出很失落的样子，一扭头朝雪原深处跑去，很快消失在视野中。翩翩飞雪，砸在我脸上，一脸生疼。

又一次回到现实世界，这个女生始终是个死结，等待着我去解开。这个来去匆匆的小天使，一定藏着什么秘密，我再也不能忍受被蒙在鼓里的煎熬。

## 3

张倩又来联系业务。公事谈得很顺利，一笔大单就等签字。她很关心我的情况，问我头疼好点了吗？我没说谎话，说头疼消停一阵子，但经常会做一个奇怪的梦。

"梦是人潜意识的外露，我觉得你应该找心理咨询师疏导一下。问题积压在心里，迟早会憋出事。"她递给我一张名片，是一位小有名气的心理咨询师。"你就对他说是我介绍过来的。"

这个张倩真不错，难道是她对我有好感？不行，我已经有了芳芳，怎么可以做对不起她的事？

这位心理咨询师是个大忙人，全国各地忙着演讲。电话打了好几次，终于约定在周六下午四点见面。要不是托张倩的门路，估计没机会见到他。

周六四点，我准时出现在这幢商务楼18楼。这间屋子给人童话般的感觉，墙面上涂着一些卡通漫画。里面就两个小沙发，黄色的，一把小桌子，通体绿色。桌上摆着一只闹钟、一个沙漏，还有一本记录本。记录本是打开的，上面写着密密麻麻的字。

心理咨询师进来了，他提前半小时就到了，刚才去了趟洗手间。他身上散发着香水的味道，味道很好闻。

“你好，张先生。张倩已经和我说过你的情况。谢谢你对我的信任，希望能带你走出困境。今天就随便聊聊，不要过分紧张。如果准备好，我们现在就开始。”心理咨询是按小时收费，没有过多耽搁，心理疗伤就此开始。

奇怪的梦、神秘的女孩、莫名的头疼……一连串反常事件，都在近期发生。顾不上逻辑顺序，我前言不搭后语地讲述着。每讲一段，都会被打断，插入几个问题。

心理咨询师不住点头，似乎已经找到病因。他问我是否有幼年时的亲密伙伴，现在杳无音讯？我摇摇头。他又问我受过什么严重外伤？我说大二时出过一次交通事故，脑部受了点伤，不过后来应该算康复了。

“也许潜意识里藏着你想寻找的答案，比如一些让你不堪回首的片段。”

“潜意识能被察觉到吗？”

“能，要不试试催眠？这个方法最好。不过你可要想好，之所以你的记忆把这些潜意识过滤掉，很可能因为它会让你极度痛苦。你愿意再被这些痛苦伤害一次吗？”

我点点头。天空开始飘雪，此刻我从室内来到野外。

# 4

雪地上，我又和那个女生在追逐。追了一阵，她不见了。前方出现一辆大巴车，崭新的，车上几乎坐满人。

有个中年妇女在车门口吆喝：“小伙子，这辆车开往南京，全程走高速，还有最后两张票，我给你们打八折。”

为什么要去南京？我怎么也想不起来。背后被人拍了一下，又是她。“傻瓜，还迟疑什么？不是说好今年过年去我家吗？”我稀里糊涂地上车，车上的乘客神情都很肃穆。

没人聊天，静得可怕，只有马达声，还有车轮碾压路面的声音。

我看到她行李里的身份证，张婷，终于知道她是谁。记忆在这一刻被捡回，我想起我们刚参加完期末考试，约好一起回婷婷家。我和婷婷在社团里认识，恋爱快两年了。

雪纷纷茫茫，车前的窗刷不停晃动，但依旧是一片模糊。心不禁悬起来，默默祈祷不要发生什么。突然一阵急刹车，车辆来了个底朝天。危险时刻，婷婷本能张开双臂，护住我的身体……

我悬在半空中，看着医生们忙碌，还有那个病床上垂死不动的自己。手术室外，是我母亲，在不停抹眼泪。这场车祸，死了20多个年轻人。我也受了重伤，还未脱离生命危险。

抢救了一天一夜，我醒了，看着周围既陌生又熟悉的世界。记忆退回到从前，婷婷这个名字，从我的世界中消失。

我心情沉重地醒来，却看到一脸愤怒的心理咨询师。“你就是婷婷的男友？为什么在生死关头，你没有保护好她？”

他是婷婷的表哥。从小到大，他一直保护着婷婷，不让她受到别人欺负。

我冲他跪下来，说要去婷婷的墓前忏悔。他扇了我一巴掌，走了。

“宽恕我吧，婷婷，你为我付出一切，我却把你扔在记忆海洋中的无人岛上。梦中，我们继续相会好吗？”望着墓碑旁的松树，我伸出手轻轻地抚摸着，把体温传递到它身上。

“他终于解脱了，你也放下了心中的包袱。”张倩淡淡地说。

“你是谁？和婷婷什么关系？”我警惕地问她。

“我是婷婷的双胞胎妹妹。”

记忆进一步被唤起，难怪以前梦中和婷婷在一起时，总看她的眼神里闪过忧伤。

朦胧中，还是看到婷婷的倩影……

婷婷还会来吗？在梦中的那个雪天。

## 谢谢你，蹚着月光，走进我的梦乡

又是一个月圆之夜，普罗旺斯郊外农庄，就我和你两个人。

此刻，你已静静睡去。你的睡相很可爱，像头小猪，发出哼哼哈哈的声音。把脸轻轻贴到你的胸口，就着皎洁月光酣然入梦。

### 1

大学毕业时，创业冲动裹挟着我。一直讨厌被人管束，不在年轻时做点自己喜欢的事，对不住大好青春。

学校开设的创业讲座，也在催化这种想法。师兄师姐热血沸腾、打了鸡血的创业经历，让心中不安分的因素蠢蠢欲动。你行，我也行，又不缺胳膊少腿，凭什么自甘人后？不过，创业需要启动资金，只好向父母开口。

“哎，你还年轻，不知道创业要吃多少苦、遭多少罪。一个女孩子家，又不要养家糊口，为什么要过得这么累？再者，女孩子太过强势，会吓跑男孩子。我们不希望你成为剩女。听爸妈的话，别胡思乱想，找份稳定工作。”父母没有递给我期盼已久的存折或银行卡，而是一通让我无可辩驳的教诲。

不过，他们终究是为我好。天下哪有父母，愿意让子女去受苦。

创业梦想，不送。

没几天，我顺利找到工作。

每日朝九晚五，几乎无事可做，守着电脑屏幕发呆。同事们也好不到哪里去，所有人都在混日子。除了偶尔调味的八卦新闻、鸡零狗碎的趣闻，办公室的气氛一直很沉闷。

我要充实起来。现在就这样颓唐、消沉，今后还能去创业吗？既然有时间，那就看看书吧。我喜欢文学，一直想读点文学名著。以前忙于各类考证，无暇顾及这些看似无用的闲书。现在有大把可供挥霍的时光，正好用来弥补这个遗憾。

周末的图书馆，读者并不多。找个靠窗的座位坐下，桌上放着一杯柠檬汁。看完一段，轻轻啜上一口。累了，眺望远处一大片绿色。身上只带几片面包，草草对付掉午饭。不想在吃饭上浪费过多时间，也不奢望吃货的那份口福。

这天，从书架上抽出一本《包法利夫人》。这本书如雷贯耳，语句之优美、描写之细腻，堪称小说写作的模板。刚翻开第一页，就看到一行苍劲有力的字。

您好：

恕我冒昧，在书中插播“个人广告”。我叫秦耀辉，是个文学爱好者。一直为找寻知音而苦恼，看来老祖宗的话不错，得一知己不易。《包法利夫人》不是市面上流行的快餐读物，既然你愿意读这本书，证明你也热爱纯文学，是个文艺青年。如果对我这个陌生文友感兴趣，请电话联系我。我们之间，会有共同语言。一个人读书很闷，两个人畅谈读书心得，那必将是件快事。就让我们在文学的海洋中，一起冲浪，一起扬帆远航。

末尾是一个手机号码。看这笔迹，应该是个男生。心里忽然变得痒痒的，不断想象对方的容貌。我也为没有同道者烦恼。身边的闺蜜，都对吃喝玩乐感兴趣。他们视我为怪咖、异类，对我痴迷于书不屑一顾。既然天上掉下个“宝哥哥”，我焉有不笑纳的理由？

## 2

“接头”地点，就是图书馆的读者阅览室。他恭候我多时，穿着一件黄色T恤，手中拿着一本《巴黎圣母院》。他长得不好看，不禁联想到书中的主人公卡西莫多。当然本人是不是爱斯梅拉达，那就另当别论。

别去管外貌，又不是来相亲，只是文友见面。我们开始寒暄，没有过多客套。这一聊可不要紧，一下子觉得相同点很多。他对很多作品有独到的见解，让我有种豁然开朗的感觉。他还读过很多外国作家的代表作，让我这个伪文青自愧不如。不知不觉，上午时光悄然而逝，正当我拿出面包准备充饥时，他努努嘴说：“美女，长期拿这个充饥对肠胃不好。要不，我请你下馆子。”

我有些犹豫，第一次就宰他一刀，于心不忍。他呵呵一笑：“怕我对你心怀不轨。放心，现在是青天白日，我可有色心，没色胆。”

他可真幽默，一下子化解初次见面的尴尬。

所谓下馆子，其实就是一家面馆。

点了两碗咖喱牛肉面，店家还算“公道”，面汤上漂浮的牛肉薄得像纸片。好在面还算筋道、有嚼劲，呼噜、呼噜一碗下肚。

我这难看的吃相，彻底吓到他。他吃得很小心翼翼，每次只夹很少的面，缓缓送到口中。慢慢咀嚼，恨不得把所有鲜味都嚼出来。每吃几口，优雅地喝一口汤。等他吃完，我在旁边晾了快十分钟。

“你很会养生，连吃饭都这么讲究。”我的话带着嘲讽。

他根本不接这茬：“吃饭嘛，就要慢一点。没人和你抢，也不赶火车，那么着急干吗！”

面馆里谈论的话题，明显轻松很多。他喜欢旅游，去过很多地方。那些风景名胜、热门旅游景点，他不愿去。荒郊野外、人迹罕至的地方，常常勾起他的兴趣。他问我有兴趣与他结伴而行吗？毕竟只是第一次见面，没敢马上答应。

## 3

处得时间长了，对他的戒备渐渐松弛下来。那年春天，他决定去一趟神农架。野人传说，让神农架充满神秘感。我收拾行囊，瞒着父母踏上西行的列车。

沿着陡峭山路，走进大山深处。一股淡淡芳香，随着一阵暖暖的清风，拂面而来。闻着花香，往山坡上一看，好大一片山杏花，正在悄悄绽放花蕾。那么悠然、那么缠绵，将心念一路绵延，烂漫成一片花海。

来到山杏花前，远看白色如雪，近看红色似霞。花蕊丝丝缕缕，五片花瓣白里透红，红里透着粉色，夹杂一丝处女般的妩媚和羞涩，像隐形的云雾一般蔓延。凝视着这些美丽的精灵，微风送来沁人心脾的幽香，那一袭淡淡清香，好似来自杏花村的轻烟，酒醇如梦如幻地絮绕人间。成群的蝴蝶和蜜蜂，在花丛中肆无忌惮地翩翩起舞。

就在这片不起眼的山坡上，山杏花静静地绽放。并不是为他人而盛开，只为迎接春天到来，发出灿烂微笑。山杏花不像其他花那样雍容华贵、花香袭人，它随着自己的真性情，快乐自由地开放，悄悄向世间奉献风姿和清香。它远离喧嚣、浮夸和虚伪，让我心中油然生出敬佩之情。当然，山杏花不会孤寂，聚会在山谷中欢快地律动；有春风和暖阳为它做伴，它朴素自然，志洁行芳，品格不俗，默然自香……

听杏花盛开的声音，仿佛是在聆听雄壮的旋律，并在心灵的回音壁上散落一个个音符。那一朵朵清新带露的、那一簇簇香气袭人的，都把点滴春光含在嘴里，笑容像粉色的火焰……一瓣一心香，一枝一气节，盛满乡野的冷艳，叩人心扉。

去过一些旅游景点，汹涌人潮生生地毁了好心情。他对我说，旅行不该是赶时间的浮光掠影。只有让心静下来，随着自然美景跃动，让整个人融化在天地间，才是一个合格的旅行者。浪迹天涯的感觉真好，尤其身边有个志同道合的人。

忽然对他产生好感。相处几个月里，没有言情剧的轰轰烈烈、感天动地，更多只是平淡无奇、默默相伴。但这就是爱的最高境界，有个人陪着你，一直陪伴到你老去，不离不弃，手牵着手，看着眼前既熟悉又陌生的世界。

身边忽然多了一对情侣。一位二十多岁的小伙子，身边女友睁着一双黯淡无光的眼睛。小伙子绘声绘色地描述眼前的花海。女友仔细倾听，不住点头，像看到花团锦簇的模样。和小伙子聊天时得知，他们是青梅竹马。一场飞来横祸，让女孩双目失明。小伙子的父母让他尽早离开女孩，就连女孩父母也表达相同意愿。小伙子却顶住种种压力，毅然守在女孩身边。有了男生陪伴，女孩才有了坚定活下去的勇气。不久前，医生说女孩有复明希望。他们来到处处是景的神农架，想让满山的杏花见证爱情奇迹。

我被他们的故事感动。回过头对他说，如果哪一天我也像她那样，你会不会把我甩了？他说，会。

我气得鼻子冒烟，你个冷血动物，就是两只狗待在一起，也会焐出感情。

他又补充一句，和你开玩笑的。你人这么好，老天不会这么残忍的。

这家伙说话七分真三分假，还真摸不清他的路数。不过，我就是喜欢他，喜欢这种琢磨不定的感觉。

## 4

一轮轰轰烈烈的大牛市正在精彩演绎。无数和我年龄差不多的新股民，正在跑步入场。似乎人人都是股神，闭着眼睛买入股票，就等着涨停、赚钱。日常生活中不谈股市，好像这人是从火星来的。想想吧，一个涨停板，几乎就是半个月工资。只要动动手指、敲敲键盘，就能轻松赚钱。谁和钱过不去呢？

赶紧去开股票账户，一刻也不能耽搁。所有钱投进去，重仓两只小盘股。听同事张姐说，这两只股票要面临资产重组，机构已经高度控盘。过不了多久，股票就会停牌，一旦复牌，就会连续涨停。面对这副美好图景，当然无法抗拒诱惑。买入、大单买入、不计成本买入，哪怕它已经大幅拉升。

总是嫌钱少。牛市里赚钱不成问题，比别人赚得少，心里就会有失落感。他工作忙，没时间打理股票。我弱弱地问，能不能把钱交给我？反正我们今后肯定会在一起，你还不放心我吗？他考虑了一天，把银行卡和密码交到我手中。

手握30多万元的巨款，立刻买进几只大牛股。买入后，一直处在横盘阶段。刚准备清仓，它就漂亮地拉出涨停板，并把胜利果实保持到收市。

我把消息告诉他，他并没有显露出过分高兴，反倒劝我见好就收。有几个朋友告诉他，这股市这样疯涨，泡沫太大，估计暴跌不远了。

但我听不进去，眼前形势一片大好，怎么会跌呢？股评家说，5000点只是牛市新起点，8000点、10000点不是梦。他重重叹了一口气，说出一个让我没有任何准备的消息，他将要被公司派往国外，可能是一年半载，也可能长达三年。

两地分居，对于热恋中的恋人不啻是煎熬。更要命的是，他去的是国外，那个花花世界，难保不会变心。

尽管有一大笔钱握在我手里，但我要的是他这个人，而不是冷冰冰的货币符号。最近在看知名女性作家的两性读物，里面白纸黑字写着：很多异地恋注定不会有什么好结果。我不能失去他，要把他从国外抢回来。

我很哀怨地恳求他："别去好吗？"

他很肯定地回答我："不行啊！那关乎我的前途。你总不希望你的未婚夫是个没出息的人吧。"

他说得在理，我没办法提出异议。

一个月后，我们将变成牛郎和织女。想想都忍不住落泪。

情场失意，股场也不能幸免。突然的利空消息，让机构和散户方寸大乱。大盘像被捅了个大窟窿，飞流直下三千尺。我那几只可怜的股票，好几天躺在跌停板上一动不动。短短数日，不仅获利悉数被抹掉，还亏了30%。还要去机场送行，都不知该如何面对他。

他穿了一身便装，整个人显得很阳光。我却灰头土脸，昨晚上一夜未睡。早死早超生，他总会知道我在股市赔钱的事实。

当我很婉转地把这个消息告诉他，他的脸上掠过一丝阴云，随即阴云消散。"没事，股市涨跌很正常。"他不咸不淡地说。我倒希望他狠狠骂我一顿，这样心情会好受些。

他的身影越走越远，泪水模糊双眼。我就这样一直站着，看着他离开的方向。忽然，被人蒙上眼睛。

打劫？不可能。这里是机场，歹人不敢这么造次。

蒙住眼的双手放开，竟然是他。

他从兜里又取出一张飞机票，上面写着我的名字。

"我决定放弃国外发展的机会。有你，我这辈子就够了。只是我不放心，你会不会到时候嫌我无能啊！"

我不停用拳头捶他："你个死鬼，害我流了多少眼泪。要赔偿，好好赔偿。"

"当然要赔偿，就让我们一起去普罗旺斯感受薰衣草的浪漫吧。"

我无法想象，昨晚他是如何度过的。为了爱人和事业，他做着艰难的抉择。或许他的顶头上司无法理解，这么好的机会，怎么说放弃就放弃了？

就在这一天，股市触底反弹。

经历人生的涨涨跌跌、起起落落，我不再是那么任性。闻着薰衣草的芳香，还有随处散发的浪漫气息，真希望这一刻能多停留一会儿。

这天晚上，我们在郊外支了帐篷。疯累了，他首先酣然入梦。我靠着他温暖的胸膛，进入梦乡。

梦中，他依然风度翩翩。我们走在一条不同寻常的道路上，两边的幕布，播放着我们从出生到现在乃至未来的点点滴滴。我们就这样手牵着手，很平静地往前走着……

我相信，他会一直蹚着月光，走进我的梦乡。有他在的梦，都是美梦，但愿我沉浸在这场人生大梦中，永远不醒。

## 你放心，这辈子我黏上你不放

有朋友问：“你老公是圈内公认的暖男，很多年轻漂亮的女孩都暗恋他，你有危机感吗？”

她摆摆手说：“我不会怀疑他，我和他早已是血浓于水的亲情。谁会去怀疑自己的亲人呢？”

### 1

两人再次在影片中出演情侣。

只不过这次，他们演的是“苦情戏”。最后一场戏是他的梦魇，多么希望导演或编剧临时对剧本做修改。奇迹终究没有发生，男主角亲手杀死妻子的戏份，将在片场上演。

尽管只是剧情需要，但爱人“死”在面前，一股浓烈的酸楚味笼罩在心头。从拍摄现场出来，他神情凝重、一语不发。他平时不是这样，每次拍完戏，都会和同人们插科打诨。她知道他入戏太深，就在一旁静静陪着他。这场戏，让两人触摸到心灵深处最柔软的那部分。他们忽然发现，彼此都离不开对方，和对方在一起，心里就会觉得很舒服。

他是科班出身，戏剧学院表演系毕业。几年间拍过一些片子，不过演的都是一些小角色。接到这部影片的片约时，有一种莫名的兴奋。与他演对手戏的，是当时一位名声大噪、红遍大江南北的女影星。这位女影星的大名，他早有耳闻，只是未见其人。

他是第一个到剧组报到的演员。等了整整一天，她终于出现，拖着一只很大的红色拉杆箱，举手投足带着女性的阴柔之美，“大眼美女”的称号果真名不虚传。

这部影片，主要讲述一对无缘做夫妻、却同样热爱革命的青年的故事。拍摄过程中，他们表现出惊人的默契，将这对革命情侣的爱恨情愁演绎得淋漓尽致。

有一次拍完戏，两人乘坐一辆面包车返回驻地，分别坐在车两边，她那边有很多粉丝找她签名，而他只能闭目养神。

满足了一部分影迷的需求，她抬头看到他失落的表情：“这是我们这部电影的男主角，他也很有名气。”经她的介绍，影迷们才关注被忽略已久的他。

从这些点滴之事上，他察觉到这个女孩很会体贴别人，不像其他女演员那样孤傲、任性。只不过碍于自己当时有女朋友，他只能将爱慕藏在心底。影片“杀青”后，他们成为普通朋友，时不时互相关心一下。

仅仅过了半年，两人第二次在影片中搭档男女主角。剧组连续十几天在山区拍戏，所有人在此期间没机会洗澡。好不容易拍完这几十场戏，剧组回到县城内，大家渴望住进有洗澡条件的宾馆。

然而投资方的决定让人失望。除了男女主角的房间有浴室，其他人都住在条件简陋的招待所。想洗澡，对不起，先要走很长一段路。

她不干了，和投资方负责人严正交涉，这才让其他演员和工作人员都洗上热水澡。这个女孩不简单，有女侠风范。正巧和前女友刚刚分手，他有了和她在一起的想法。

一次拍摄间隙，他终于鼓起勇气向她表白："莹莹，有件事我想问你。""什么事？"她一边笑、一边眨着眼睛看他。

就冲这个俏皮的表情，他知道这个女孩也喜欢自己，因为这是女孩子在恋人面前才会表现出来的模样。"做我的女朋友，好吗？"他没有绕过多弯。她有些害羞。愣了一会儿才说："好的。""真的？""人家骗你干吗？"

## 2

两人刚开始恋爱，他经常外出拍片，换洗下来的脏衣服，乱糟糟地堆放在房间中。然而过不了几天，房间就会变整洁。

后来才知道：原来是她在帮忙收拾房间，那些洗干净的衣服，整整齐齐地摆放在衣柜中。遇到两人有空时，她还会露一手厨艺。细微处的关怀，让他感谢上苍赐予自己这么好的女孩。

就在两人热恋时，他通过朋友得知一个消息：前女友家里遇到困难，急需用钱。他和前女友在读大学时认识，由于经济条件不好，一直是前女友在开销，帮他买饭、买东西。尽管现在已经不是恋人，他还是想帮帮前女友。

不过，他心里有顾忌：自己帮助前女友，会不会引起她的猜忌、认为他前情未了？不过，她的态度却出乎他的意料："我觉得你应该帮她。她曾经对你这么好，现在遇到困难，没有不帮忙的道理。我不会有什么想法，你尽可放心。"他给了前女友两万元，彻底解了燃眉之急。

通过这件事，他觉得她很大度，而她这么对他说："从你对前女友的态度，我就觉得你是一个有情义的男人。就冲这一点，我就觉得跟着你没错。" 为了他的事业发展得更好，她放弃一些片约，抽出更多时间照顾他的生活起居。做出这个选择，虽然让她的演艺事业受到影响，不过她不悔。

这年冬天，他得知家父生了重病。当时，他正在千里之外的山里拍戏，为了赶进度，无法及时回家照顾老父。和她通话时，他说话吞吞吐吐。反复盘问，他才说出实情。"你放心，我去照顾你父亲。""那怎么行？照顾老人很辛苦的。""没事，我会把他当成我父亲来照料。"

她一刻也没耽搁，从上海直飞哈尔滨。整整半个月时间，她一直守在老人的病床边，衣不解带地伺候。医院里的医生和护士，都不相信眼前的这个女子，就是赫赫有名的影星。更何况当时，她和他还只是恋人，没义务照顾对方父母。等到老人出院，她整整瘦掉一圈。

由于过分辛苦和操劳，她的内分泌系统开始出问题，人一天天在消瘦。起初还不当回事，直到她在一次拍戏前病倒了。去医院检查，结果让她震惊。她得的是甲亢，医生建议她立即休息。她只能推掉片约，待在家中静养。

几天后，他打电话说过些天就能回来。她担心他见到自己这副模样，会大吃一惊。她在电话里给他“打预防针”，说自己身体有些变化，希望他有心理准备。他以为她患的是感冒、发烧，并未意识到问题的严重。

一周后，他风尘仆仆地赶回上海。刚下出租车，见到小别一个月的女友，他心里不禁咯噔一下：她比他想象的憔悴得多，脸瘦得变形，眼睛鼓得厉害。他不能表现出任何惊讶，怕自己的反应让她难过，镇定地说：“你没什么变化呀。”“瞎说，真没变化？”“没有呀。”

几天后，她的情绪趋于稳定，他才询问病情。得知事情真相，他心里像被刀划了一道口子。这样的意外打击，对一个正处演艺事业上升期的女演员，实在过于残酷。

由于用药剂量没有控制好，她的眼睛鼓胀得更严重，甚至晚上睡觉都没法合上，只得在服药时添加大量激素。眼睛鼓胀的症状消失，身体却出现浮肿，皮肤也变得黯淡无光。

有一次，她无意间看到镜子中丑陋的自己，不禁失声痛哭，痛苦地捶打身体。自此以后，他悄悄拿走屋里有镜子功能的金属物品。他不想让爱人在精神上受到一次次摧残，想尽办法维护她仅有的自尊。

## 3

生病的人，身边最需要有人陪伴，他宁愿停下自己事业的脚步。原本性格温柔的她，脾气变得喜怒无常，会莫名其妙地发火。起初，他很不理解，当得知这是甲亢症状之一，对她多了一份包容。

即使他再小心，伤害总会不经意来袭。有一天晚上，他们在街上散步，忽然几个年轻人拦住他们，其中那个瘦瘦的女孩子说："能否给我们签名、合影？"要是以前，别人都是找她签名，而现在她却成为被忽略的人。

签完名，合完影，几个女孩满意离开。等回过神来，她不知什么时候已经离开。几天后，两人在徐家汇漫步，遇到一个多年的熟人，也对她视而不见。此后，她就不愿意出门。

几个月后她过生日，北京一位演员来祝贺。这位演员先到厨房打声招呼，然后问他女友在哪里？其实这时，她正在厨房忙碌，那个演员竟未认出她。

那晚亲友离开后，她很郑重地对他说："我们分手好吗？你现在发展得很好，肯定会遇到比我更好的人，我不想再拖累你。""不行！你现在这情况，最需要有人安慰、陪伴，我怎么能在这个时候离开？""可是……""可是什么？我都不嫌弃你，你还担心什么？"

他想先在物质层面上，给予她更多的安全感。有一次拍完戏，出品人是一位房地产老板，想给他一套别墅作为片酬。他坚持让老板支付现金，并用这些钱给她买了一辆高级跑车。

他对她说："尽管你现在生病了，但你绝不会比当红明星过得差。"为了给她更好的生活，他在外面拼命接戏，人累得瘦了一大圈。她劝他不要这么拼命。"我不拼命，能给你幸福吗？别担心，我顶得住的。"

除了物质层面，他觉得精神层面上的东西最重要。他想到和她结婚，这才是给她最大的安全感，比医生开出的任何药方都要好。

他预定了99朵百合，每隔一小时送一些。直到最后，他才拿着玫瑰出现在她满是百合的屋内。她没好气地说："你在搞什么鬼？”“莹莹，我正式向你求婚，嫁给我吧。无论你变成什么模样，你都是我手里的宝。”

她几乎没有什么犹豫，就答应他的求婚。生病初期，她对他的关心有过抗拒，担心自己是他的累赘。后来，他用一次次暖心行为，证明他是真心爱她的。两人之间的爱情，早已升华为难分难舍的亲情。他在自己身体状况最糟糕时向自己求婚，还有什么理由犹豫彷徨呢？

他们去民政局登记结婚，当天晚上开车来到一家五星级酒店，享用一顿自助餐。这是她的提议，她不想让亲友见到自己变形的身体。两人就此低调领证，不办婚礼。

## 4

他很喜欢孩子，然而她的身体状况，让他只能把这个愿望藏起来。每次看到小孩子，他心里都会抽一下，故意对她说：“我们暂时先不要孩子，养孩子很累。如果你喜欢孩子，我们可以领养一个。”

她知道这番话的言外之意，更坚定一个想法；无论如何都要为他生个孩子。

一年后，她终于怀上孩子。当时，很多医生建议她不能要这个孩子。由于甲亢容易复发，她仍在服用小剂量的药物。再这么一折腾，不仅身体吃不消，生下来的孩子还可能有问题。她不理会这些“善意提醒”，因为从他的眼神里，能读出他对孩子的渴望。

她孕期反应很厉害，吐得只能去医院打点滴。他想让她放弃。“不行，孩子都已经五个月，我一定要让他平安降世。”次年四月，她最终顺利生下一个女儿，取了一个诗情画意的名字——小雨。

然而他拍戏实在太忙，陪伴妻女的时间很少。有一次，女儿在电话中一边哭，一边说希望爸爸早点回来，挂电话前还吐出一句既好笑又心酸的话：“爸爸，我们不是在打电话吗？你能不能从电话里爬出来，这样我就能见到你了。”他们还为了“谁先挂电话”僵持很长时间。

从一些育儿书上，他知道父亲在儿女成长中发挥很重要的作用，一旦错过这个关键时期，今后可能再也无法弥补。他推掉很多邀约，把更多时间留给女儿。在女儿读小学一年级时，他有近一年没去拍戏。

每天，他自己开车接送女儿。到校门口，他亲手把女儿送进校园，还会站在学校栏杆外面，静静看女儿做广播操。等到女儿长大一些，他才“重出江湖”。

网络大大缩短他和妻女在物理上的距离。通过网络视频，妻女看他在剧组中的生活。同样，他也能看到妻女在家中的情况。虽然聊天时间不多，却觉得一家人好像生活在一起。在剧组时，他还会把妻子、女儿的照片贴在房间墙壁上或作为电脑背景图片，甚至把女儿的笑声、说话声等音频文件存储在电脑里。

如果条件允许，还会将妻女接到剧组一起生活。有一次他在浙江安吉拍戏时，妻女就住在附近的宾馆。晚上，一家人团聚在一起，开心地聊着一天的见闻、感想。不管是分离、还是相聚，他们的心始终连在一起。

生儿子时，她已经是高龄产妇，好在身体状况比八年前有很大改善。看着襁褓中的婴儿，他再次流下激动的泪水。

在他们结婚10周年时，他们在夏威夷补办了一场盛大的婚礼，以弥补曾经的缺憾。婚礼上，亲友们为这对经历过磨难的夫妻祝福。看着身边活泼可爱、古灵精怪的一对儿女，他们感到这些年吃的苦、受的罪都是值得的。

“你放心，这辈子我黏上你不放。”没有那份责任心，他不会对她反复说这句话。这是世界上最动听的情话，没有之一。

# 和你在一起才是全世界

## 1

九月初，暑热尚未散尽。燥热的寝室，几个精力旺盛的男生，直到半夜还未入眠。

除了难耐的温度，还有他们今晚讨论的话题。

女生。你心目中理想的女生，是什么模样？

相信很多男生，都在大学入学之初，对这个话题有过思考。

直到现在，鲁大海还对那个晚上记忆犹新。其他三位勾勒或骨干，或丰满，或御姐，或萝莉的美女，他对此未置可否。他只有一个要求，希望那个她能陪自己浪迹天涯。

## 2

安提瓜危地马拉，一个对于很多国人来说十分陌生的名字。

他清晰记得出发的日子——2012年2月11日，他正式丢下年薪50万的工作，追逐心中的“诗和远方”。两个月后，他从西藏陆路到达尼泊尔。双脚迈出国门的那一刻，才体会到世界如此广阔。

出游近三年，鲁大海游历六大洲40多个国家。他经历过真人版“人在囧途”，“享受”过安保人员抓捕盘查，还曾在异国他乡感受过浓浓年味。然而，身边始终缺少一个身影。2015年7月，他来到地峡之国——危地马拉，住进当地一户普通人家。

这天下午，他在当地一家小酒馆喝了一点酒。就着微醺，他缓缓回到住处。看到房门敞开，他以为室友在房间里，想也没想就走进去。然而映入眼帘的，却是一个金发碧眼的女孩。

明明合住一屋的是二十多岁的小伙子，怎么一下午就“变性”成妙龄女孩？就在他一脸狐疑时，对方冲他比画：“你好，麻烦帮我准备一盘水果沙拉好吗？”她说话的声音，柔嫩得能挤出蜜汁。

敢情她把自己当作家庭旅社的服务员，镜子里的自己，好像是有几分像。第一天住进来，这个房间还大门紧闭，这个女生并不认得自己。鲁大海愣了一会儿才说：“我也是租住者，不好意思少走一个楼层，打搅你休息。”她顿时哈哈大笑：“没有，一场误会。我叫席亚拉，以后多交流。”他没有多逗留，说了几句就回房间休息。

这天睡梦中，好几次出现席亚拉的身影。她和自己一起走在险山峻岭中，不时说着玩笑话，给略显沉闷的旅程增添不少乐趣。就在一个山谷中，鲁大海却和席亚拉走散。就在大声呼喊席亚拉的名字时，他从梦境中醒来。

从那以后，鲁大海有意无意地接近席亚拉。闲聊中，他得知席亚拉比自己小七岁，出生在美国密歇根州，本科在托莱多大学主修心理学，毕业后考上医学研究生。不过，她申请推迟一年入学，想趁“间隔年”去国外旅行，同时学习西班牙语。他们不仅同住一个home stay（短期的寄宿家庭），还在同一个语言学校参加短期培训。

鲁大海喜欢上这个女孩，只是担心马上表白会被拒，两人暂以朋友关系相处。他们性格差异很大，一个内敛深沉，另一个活泼奔放。大多数情况下，总是鲁大海在倾听席亚拉的滔滔不绝。

好在两人还有共同点——都喜欢旅行。两个“骨灰级驴友”在一起，三句话自然离不开旅行。

席亚拉曾去过欧洲、亚洲、非洲很多国家，也经历过一些危险。通过这些讲述，鲁大海察觉到她是个聪慧、独立、淳朴、能吃苦的女孩。就冲这点，他不能轻易放手。而鲁大海重点讲述的，是2014年11月的南极之行。

那时，他抵达阿根廷的乌斯怀亚，离南极仅“一步之遥”。而手头的钱所剩无几，根本无法支付去往南极的船票。他在网上发起一个“众筹项目”，在朋友们和陌生人的支持下，成功筹到一张去南极的“最后一分钟船票”。

在南极冰盖上，他刻下自己和假想女友的头像。看到那张照片，席亚拉咯咯笑着：“哈哈，这个头像还和我蛮像的。你把我也刻在南极大陆上，真有意思。”“其实……”鲁大海没接着说下去，他觉得时间未到，还不能轻举妄动。

## 3

一个多月后，这个短期西班牙语培训顺利结业。和其他同学一一道别，两人顺路在危地马拉旅行。

到达危地马拉北部时，他们的意见相左：席亚拉准备回安提瓜，因为她这次来危地马拉只是想学习西班牙语，想从那里乘飞机返回美国。而鲁大海却皱起眉头：他准备去伯利兹，如果顺从席亚拉的意愿，原先设计好的行程就要改变，还会白白浪费几天时间。

“你这个人就喜欢支支吾吾，有什么说什么嘛！对于朋友，我不喜欢把真实想法藏在心里。既然不准备回安提瓜，那就算了，我一个人回去吧。”席亚拉根本不给鲁大海喘息的机会，从他手中接过旅行包，快步向前方走去，不一会儿就消失在视野中。

鲁大海失神地在路边走着，漫无目的。此刻，他已经迷失方向，不停地在心中责怪自己：怎么能让她就这样走了？

“小伙子，想心事吧？”一位50岁左右的大叔，乐呵呵地对他说。对陌生人不必有什么隐瞒，鲁大海告诉他心中的烦闷。“喜欢一个人，就不要轻易放手。我也是从你这个年龄过来的，也曾错过好姑娘。有些人，一旦错过就永远不会再相逢。”

大叔的话，一下子戳中痛点，他当即决定放弃去伯利兹，返回安提瓜去找她。

赶到飞机场，席亚拉快要过安检了。鲁大海大声地喊：“席亚拉，我还有句话要和你说。”席亚拉转过身，很困惑地说：“你不是要去伯利兹吗？”鲁大海坚决地说：“不，我不去了，我想和你继续旅行。”席亚拉当场撕掉机票，答应与鲁大海一同去墨西哥。

就在危地马拉的边境小镇，两人又发生一场争执。

小镇的长途汽车站，有固定班次的长途车，还有几辆没有营运资质的黑车，不停招呼客人。席亚拉想乘坐正规的长途汽车，而鲁大海选择黑车，因为费用只是普通长途车的三分之一。席亚拉撇了撇嘴说：“黑车多不安全，出事怎么办？”鲁大海拍拍她的肩膀：“你看有这么多人坐车，不会有事。省下来的钱，可以去更多地方。”

上车时，席亚拉看到两个戴着黑色帽子的男子，眼睛似乎在观察什么。

进入墨西哥没多久，两个黑帽人就下车了。又过了一个多小时，鲁大海和席亚拉到达目的地。“哎呀，我的钱包。”席亚拉随身携带的旅行包，不知什么时候被划开一道口子。其他东西倒不缺少，就是最重要的钱包不翼而飞。丢点钱还不算什么，要命的是里面有席亚拉的护照。

“都怪你贪便宜，现在没了护照，我该怎么办？”席亚拉狠狠捶了鲁大海一下。

哎，看来墨菲定律所言非虚，真是怕什么就来什么。自己几年旅行经常乘坐黑车，没出过什么岔子。可是一旦出事，就捅了大娄子。他一把将席亚拉搂到怀中：“别害怕，有我呢。”席亚拉将他一把推开：“你有什么办法，还不快去报警。”

当地警方的办事效率确实很低。两人讲了好一通，那位50岁出头的警官一边打着哈欠，一边懒散地记录情况。后来他们才知道，当地这种偷窃案件频发，警方根本管不过来。顶多立个案，象征性地查一下，就没有了下文。补办护照也好不到哪里去，交了钱、留下联系方式。工作人员让他们耐心等待，也不告知什么时候能拿到护照。

刚吃完午饭，两人病恹恹地在路上走着。突然，鲁大海指着不远处说："快看那两个人！"

顺着鲁大海手指的方向，席亚拉看过去，不看不要紧，真可谓"不是冤家不聚头"。那两个戴黑色帽子的人又出现了。席亚拉还有点犹豫："他们好像和那两个窃贼长得不是很像。"

"哎呀，他们是傻子啊！作案以后不会伪装啊！他们就是烧成灰我也认得。你看这个瘦子，脸上满是疙瘩，还有那个胖子，手上文了一只老虎。不会错，我一定要帮你把护照和其他东西讨回来。"

鲁大海学过一点武术，自认为是练家子，对付两个小毛贼不成问题。然而他低估了街头混混的实力，双方话不投机，直接展开肉搏战。结果才几下，鲁大海的额头就被打开，鲜血留得满脸都是。

"别打他！别打他！我的东西不要了，行吗？"席亚拉在边上死命恳求。护照丢了还能补，但鲁大海的性命可不能丢呀。她的叫喊声，引来不远处的两个巡逻的警察。就在两个歹徒的临时住处，发现了席亚拉的护照。

医院的病床上，席亚拉满脸愧疚地说："大海，刚才不该责怪你。你真傻，干什么这么拼命！要是你发生意外……"

"你和我客气什么！都怪我学艺不精，竟败在两个小贼的手下，让你见笑了。"

"哪里！你这么勇敢，已经是我心中的英雄。小时候，我一直希望遇到英雄，好与之携手相伴。我真幸运，上帝赐予我一位。"

"你说什么？再说一遍。""讨厌。""那就是默认了。你愿意做我女朋友？”席亚拉脸颊绯红，用力地点点头。

这一天，鲁大海等了整整两个多月，两人终于从普通朋友升格为恋人。他在医院待了近10天，席亚拉一直陪在他身边，陪着他输液打针，每天做饭给他吃。

鲁大海身体痊愈后，他们沿着墨西哥一路北上，抵达美国西部。他们租了辆车，开始将近一个月的公路之旅。这一路上，他们扎帐篷露营，住宿没花一分钱；他们自己生火做饭；他们在河里洗澡、洗衣服；还要做好防范野兽袭击的措施……

在常人看来，这根本不是什么旅行，而是一种“自虐式”的探险。不过他们却不这么看，鲁大海一直在逗女友开心：“席亚拉，我们住在野外，天是屋顶，地就是我们的床，还有什么旅馆比这个宽敞？你看，前面还有很多萤火虫，是不是很有情调？”

有时候，他还会问席亚拉，自己身上哪点特质最吸引她？席亚拉说，和他待在一起，自己不会感到害怕。鲁大海亦是幸福满满，身边有个人陪伴，再苦再累的旅程也不再是考验。

## 4

美国是鲁大海环球旅行的最后一站。2015年11月底，他和席亚拉一起从纽约飞到北京。

1280个日夜之后，回到祖国，这段波澜壮阔的环球之旅暂时告一段落。他带着席亚拉来到家乡西安，那个梦最初开始的地方，与自己的家人团聚。

进家门前，鲁大海心中有诸多忐忑：自己找个洋媳妇，父母会答应吗？自己想和父母住在一块，大家庭其乐融融，彼此也能有个照应，但是和父母同住，席亚拉会答应吗？美国人喜欢核心小家庭，子女成年后要和父母分开住。文化上的巨大差异，媳妇和双亲能相处好吗？

文化差异体现在生活的方方面面。刚进门，父母就责怪鲁大海："你看看媳妇脚上的鞋。大冬天的，怎么还让她穿这种单鞋？你真不会照顾人！"鲁大海连连说是，倒是席亚拉弄得一头雾水。等知道意思后，她哈哈大笑："这种鞋保暖性能很好，穿着根本不冷。"

事后，鲁大海问席亚拉，是否对自己父母有什么想法。"没有啊！他们很会关心人，我心里很温暖。"

还有就是吃饭时，席亚拉说碗里的羊肉是不是山羊肉？鲁大海说："是啊！怎么啦？"席亚拉又乐了："我吃惯绵羊肉，不是这种味道。"鲁大海这才知道，原来美国人只吃绵羊肉，山羊都被当作宠物饲养。不过，席亚拉很快适应了当地的饮食，还说中国菜比美国快餐好吃多了。

鲁大海的父母都是初中毕业，而席亚拉的中文也是半吊子，刚开始交流时存在很大障碍，只能由鲁大海来充当翻译。但父母很喜欢这个洋闺女，一有空就教她中文。席亚拉的学习能力很强，现在几乎能与鲁大海的父母进行基本的交流。

到了一年一度的圣诞节，她按照美国的传统，烘焙很多美味的节日点心，鲁大海的父母品尝后连说："好吃。"除了西餐，席亚拉对做中餐很感兴趣，经常跟着鲁大海的父母学习炒菜、包饺子。一家人和和睦睦的场景，鲁大海甚感欣慰，没想到席亚拉这么快就入乡随俗。

2016年的春节，鲁大海和席亚拉是在西安度过的。随后，他又带席亚拉游览北京、四川、广东等地，尝过各地美食，她还是觉得西安的凉皮、肉夹馍最合胃口。2016年4月，他们来到宝岛台湾。在花莲，他们露宿海边，晚上看着星星、听着海风入睡，早上伴着日出鸟叫醒来。

他们的婚礼，在2016年底举行。稍微休整一段时间，他们还将开启新的行程，继续前往足迹还未涉及的大洋洲。

爱就是愿意包容不一样的你。因为是你，所以你身上的任何异质，我都愿意接受下来，因为只有和你在一起才是全世界。

## 遇见你，我把自己弄丢了

“都怪你，现在别人印象中，我就是河东狮吼的代名词。说，怎么补偿。”我双手叉腰，活脱脱一个母夜叉。

而他一个大老爷们，像只温顺的小猫被我呵斥。等我撒完气，他才满脸堆笑地说：“别人说三道四，那是嫉妒。我老婆是谁？相声社的台柱子。要是当初不让你入伙，我会后悔得用脑袋撞墙。”

搞笑，本来就是他的专长。

其实我也不是真生气，这么多年来，我们就这样插科打诨、互相调侃。遇见他前，我是个很内向、不喜欢抛头露面、说话声音也很轻的女生。然而在他熏陶下，我被带“坏”、带“野”了。我把过去的自己弄丢，这才是他最该“赔偿”的。

## 1

都说交大这种以理工科见长的高校，女生是“国宝级稀有动物”。只要不是长得堪比恐龙的女生，都会迎来男生眼中的“绿光”。我长得不算美丽，如果满分10分，勉强能过7分。大学以前，几乎没男生对我“来电”。

有过自卑、有过愤恨，凭什么别人有一张漂亮脸蛋，我只能顶着大众脸。时间一长也习惯了，美女毕竟是少数，多了就不值钱。咱不当“花瓶”，当个学霸总成吧。于是乎，鄙人“头悬梁、锥刺股”，此处省略一万字……考进交大，这是对我最好的褒奖。

进了交大，情况立刻发生180°转折。男生遍地都是，女生屈指可数。咸鱼翻身的机会到了，咱也收到渴望已久的情书。只是送情书这位，长得实在太砢碜。不仅五官需要好好修理，身材也是短斤缺两。和这种男人在一起，安全感严重缺失。

不急，真的不急，姐姐有的是时间等候白马王子。

大三前，我还是个好学生，全身心都用在学习上。每天上完课，基本都是去图书馆和自习室。期末考试前，常常看书看到肚子饿得不行，才恋恋不舍地从书本中离开。

落日余晖，洒在半边脸上。忽然间，感觉有个人在路旁看着自己。那眼神有点怪。他长得五大三粗的，一米八的个子，国字脸，眼睛很大，身材很魁梧。

“同学，我很难看吗？”我很不习惯别人这么看着我。

“不是，就觉得你和我一个高中同学很像。”

“是吗？”世界上真有另一个自己，只不过藏在看不见的角落。

说话间，已经来到食堂。我往兜里一摸，“哎呀”叫了一声。饭卡忘带了，从食堂到宿舍，步行需要近一刻钟。我是一个懒人，哪肯再走这么多“冤枉路”。

他摸出自己的饭卡说：“你就吃我的吧，反正也就一顿饭的事。”“那多不好意思，我和你又不是熟人。”“校友总是吧。我比你大，你就叫我学长吧。”

看着盘子里的大排，完全丢了往日的温文尔雅。除“饿”务尽，我只顾着风卷残云，完全不理会坐在对面、一脸惊诧的他。吃完，抹了抹嘴角油水，轻轻道声“谢谢”。

“吃饱了吗？看你喜欢吃大排，要不我再去帮你打一块。”这敢情好，很快又消灭一块。这下子，他彻底被我这个大胃王怔住了。

“你真有意思，愿不愿意参加我们相声社？”他试探性地问。

什么？这所学校还有这个社团。相声，在我的观念中，就是两个穿长袍的男人，你一句、我一句，互相拆台、互相调侃，不断制造笑点。这种表演形式中，几乎没有女性身影。

“我能表演相声？你不会看错人吧。”我差点没把嘴里还没有嚼烂的大排吐出来。

“尽管我是说相声的，但这句话不是在说笑。刚才听你说话，字正腔圆，普通话很标准。我一直想找个女捧哏，你就是最合适的人选。”他双手挥舞着，好像我就是上天为他精心准备的女主角。

“大爷，您这玩笑开大了。我以前从来没说过相声，对相声几乎一窍不通。您让一个只会做四则运算的小学生，参加高数考试，这靠谱吗？”尽管他对我有“大排之恩”，不过这种拉郎配的行为，还是让我很不满意。

“相信我，我的眼光一向准确。其实相声不像你想得那么玄乎。每个人都有搞笑本能，只不过暂时未被激发出来。我就是催化剂，能把你体内的笑点充分调动出来。”

我诘问他：“让我‘入伙’，有什么好处？”

他抓了抓头皮，又指了指只剩下骨头的大排：“你以后每天的大排，我都承包了。”

“想用大排收买我，门都没有。”

## 2

第二天，不争气的我，还是拨通他留下的手机号。

相声社排练的地方，只是一条楼道，高度很低。十几个人挤在这条楼道，真不知道这群疯子是怎么想的。条件简陋，却浇灭不了他们对这门传统艺术的热情。有几个男生，自顾自地练习某些桥段。他们说的内容，我觉得也不怎么好笑。

他终于出现了，我一个箭步冲上去：“你这哪是相声啊！我听了近五分钟，也没让我开怀大笑。”

他有些得意地说：“这就是我的独创！每段相声中，都有很强的逻辑推理。只要找出逻辑矛盾，就能让你觉得好笑。”

他举了一个例子：有位男生向女生表白，女生说：“还不能马上答应你，必须给我一个理由。”男生说：“李游？难道是你前男友吗？”女生说：“我这次可是初恋。”男生说：“这可是你答应我的。”

我没有笑，而是纠结男生最后那句话，女生是什么时候答应男生的？

“这还没听出来啊，女生都说这次是初恋，这不是变相承认男生是她的男友吗？”

“这是什么逻辑？强盗逻辑！”嘴上虽然这么说，心里却产生一份好奇。这个理工男，看来脑子里有些货色。要不先在这个相声社混上一段时间吧。

他比我大一届，是相声社的“元老级”会员。努力加上天赋，让他很快成为这个社团的主心骨，并将其引领到“十佳社团”的高度。

相声社每周训练三次，还好我学的是文科，课业负担不重，几乎没缺席过训练。此外，他还单独给我开小灶，耐心讲解他独创的搞笑理论。他的理论，彻底颠覆我对相声的看法。我开始喜欢上这种附带逻辑推理的表演形式。

“你看看这是什么？”他递给我一张纸。尽管揉得褶皱不堪，但上面“全国大学生相声展演”几个字还是很显眼。

去北京演出，一直是他的梦想。尽管嘴上念叨：“我们自个儿演自个儿，别人说什么，不在乎”，不过在他内心深处，还是渴望被别人认同，尤其是被业界资深的前辈认同。

“那准备带什么节目去北京？”

“这个……我还没想好。要不我们讨论一下吧。”他嗫嚅地说。

阳光洒进教室，暖暖的、甜甜的味道。每次讨论作品，总是火药味很浓。我和他互不相让，都坚持自己的观点。直到一方说服另一方，这场没有硝烟的战争总算结束。

“你真凶，都怪我瞎眼，没看出你是这样一个人。”我故意撒娇。

“别介，雯。我就是这脾气，你和我这么长时间，还不能理解？你肚子饿了吧，去吃饭吧。”

我故意损他："又拿大排打发我，我就这么廉价？我要吃大餐。"

他摊摊手："好吧，谁让我刚才惹到你。"

我们去了学校西餐厅，这里的消费水平，对于没有收入的学生来说已经算很高。为他的钱包考虑，我只点了一份牛排和蔬菜沙拉。他呢，只有一份沙拉，沦为食草动物。看着他食不甘味的状态，我后悔自己的任性。

"好啦，我买单吧，不要搞得像只瘟鸡。"我轻轻地拍拍他。

"我是在想去北京演出的事。那些专家，都是说传统相声的。他们能听懂我们的相声吗？"

我只好安慰他："会的，会的，专家也会与时俱进嘛。"

## 3

初秋的北京，已经褪去夏季的暑热。离正式演出还有一天，我不想让他心理压力过大，提议去几个景点逛逛。

去了天安门、故宫、北海公园。一路上，他依旧失魂落魄，和我没什么话。我只好没话找话，故意用言辞激他。但这招没用，他还是满脑子演出的事。

演出在一个大剧场里进行，人坐得满满当当。这种大场面，我们见过不少。在交大的大会堂，只要有我们演出，下面就座无虚席，就连走廊上也站满人。因此，不存在怯场的事。我们最后一个出场，希望能起到压轴的作用。

在我们之前出场的那一组选手，得到全场最高分。他的表情，顿时显得凝重起来。我没有多说什么，只是紧紧握住他的手。

他的手很凉。

真正来到台上，容不得我们胡思乱想。头脑风暴即时开启，把观众带入逻辑世界的迷宫。我们说得很尽兴，台下观众却如打了霜的茄子。评委也不苟言笑，甚至还频频摇头。

“选手，你好，首先你讲的故事还不错。但我们是相声比赛，基本的搞笑技巧，我没有从你的表演中捕捉到。所以，希望你们以后能在基本功上多下功夫。”岁数最大的那位评委发话了，基本上判了我们“死刑”。

得了一个很低的分数，就连鼓励奖都没拿到。

那晚上，他一语不发，直愣愣地看着表演台本。我知道他心里难过，但是男人的尊严，让他憋着眼泪，不想在我面前淌下来。

我知趣地离开，去外面的大街逛了逛。回来时，他眼圈红红的。

“回去吧，我一刻都不想在这个地方待下去。”他拽着我往外走。

“高铁票是明天呀！”

“我不管，我现在就要走。”

到了火车站，改签了今晚的卧铺票。

我第一次见他这样。伴着车轮和轨道的声音，我的心里也在淌血。

这次失利，他把最真实的一面流露给我。我这才发现，我已经被他抽筋拔骨。那个过去的我，已不复存在。我已和他连为一体，再没有什么力量能把我们分开。

回来后，他“傻”了几天，随后疯狂地回听先前创作的作品。问他为什么这样，他说自己的作品不成系统，希望从中捋出一套理论。有了自己的风格，就不信那些老头再看不上我。

我在一旁默默支持，做着资料收集、整理、汇编等烦琐而枯燥的工作。

什么东西会引起观众发笑？其中蕴藏什么元素？每个笑点会持续多长时间？笔记本上，记录着一连串密密麻麻的数字。经过数字统计软件的分析，终于得出一些结论。为了验证这些推论的有效性，马上将其运用到新段子的创作中。终于，帮助他总结出前人不断实践、却一直忽略的搞笑理论，并将这些成果汇聚在两本著作中。

书中，搞笑被分为形象搞笑和逻辑搞笑。形象搞笑主要指在形象上表现出来的滑稽，如演员做个鬼脸、反串、扮个丑角。而逻辑搞笑包括强词夺理、虚张声势、欲擒故纵、逻辑错误等很多种。比如“虚张声势”，举了一个很普通的事例：“我这件衣服，只有学化学的才知道，它的原料是——布”。这是句废话，谁都知道衣服的原料是布，根本不需要有化学背景。适度虚张声势，能产生“天然呆”风格的幽默效果。

在所有逻辑搞笑中，逻辑错误是最难掌握的。比如两个男生在争论是否懂女生。男生A说：“什么样的女生我没见过？”男生B说：“反正喜欢你的女生我没见过。”男生A说：“喜欢你的女生我也没见过。”B说：“看吧，有你没见过的女生。”本来B说这句话，和A的这句话毫不相干，但A在气头上的反击，却无意间犯了逻辑错误。幽默，只需寥寥几笔就能勾勒出来。

有了理论支持，后面的相声创作不再盲目。为了检验效果，他特意请来那几位评委，名义上是让他们指教，实际上是展示成果。起初，这几位还满脸不屑。听到后面，他们也来了兴致，还连连夸他取得相声史上的突破。

送走几位教授，他满脸得意地对我说：“怎么样？现在我们不是野路子了。”我啐了他一口：“看把你嘚瑟的，小心乐极生悲。”

# 4

没想到，我竟然一语成谶。半年后硕士论文预答辩，他没有通过。

我不相信这个事实，这个论文选题，此前还曾得到国外专家认可。面对几位专家，他对这篇论文如数家珍、侃侃而谈。到了提问环节，所有论文评审委员会成员都聚焦一个问题：你这篇论文能产生什么实际应用价值？

这下子，他被问懵了。研究过程中，他和国外同行有过接触。通常情况下，国外科研工作者的每一项技术创新，需要付出很多年的努力才能逐渐完善，不可能是一个科研人员的研究成果就可以全盘涵盖的。

他愣了一会儿，淡淡地说："我相信这项研究必将产生巨大的经济效益。"这个回答，显然无法让台下教授们满意，他不得不面临论文需要修改后才能通过答辩的窘境。

这是我第二次看到他孤弱无助的样子。为了他，我舍弃收入优厚的工作，选择留校读研，就是希望能陪在他身边。不能让他垮掉。"我带你去个地方。"我一把将他拉出寝室。

"你这是去哪里？"他有些不满。

我没有回答他，闷着头往前走。

"今天不排练呀，你拉我到这里干吗。"排练场内空无一人，只有我们俩怦怦的心跳声。"是没排练，不过这里藏着你的一个梦。论文不过怎么样？大不了不搞这破科研。"这句话，一下子点醒他。

他把手中装订好的论文，狠狠地撕成两半。

"我不适合做科研。我喜欢说相声，以后这就是我的事业。"

他带着愉悦的心情离开排练场。

得知他的想法，相声社的成员积极响应，不乏学业成绩优异的硕士、博士。“大哥，以后我们就跟着你干。”既然大伙如此信任，还有什么理由退却呢？他将俱乐部产业化，注册商标，还开发出公司网站、微博、APP。

作为一家新成立的公司，我们最缺的就是钱。就在渴望资金甘霖时，还真有人送上门。这是一家风险投资公司，据说还曾促成很多初创成功的案例。多次登门拜访对方企业，和他们的业务代表、老总谈了很多次，总算达成初步合作意向。那家公司承诺第一次投70万，如果发展符合预期，后期再投入数百万。

最终传真过来的合同，让我们放弃了这个“馅饼”。一旦在甲方一栏签字，手脚会被束缚，只能随对方意愿发展，和木偶没什么两样。决定在创业初期，暂时不考虑赚钱。眼前要做的就是把事业做大，每个人暂时不领工资，从他本人做起。

宣布这项决定时，我们有些心虚：这些学霸们会接受吗？没想到，众人异口同声地赞同。还有一位相声社老成员，辞去年收入二十万的工作，专程赶来帮忙，着实让我们感动。

## 5

创业没多久，他病倒了。这段日子里，他几乎没睡过安稳觉。不论白天、黑夜，他都在写书、创作段子、给演员排练。十几个小时高强度的创作，让他身体不堪重负。我陪在他身边，端茶倒水，说着一些俏皮搞笑的话。

有人好心劝他，没必要那么累。反正有这么多现成的段子，拿来加工一下不就得了？他把这个人好好说了一通。原创是他的生命，无论再怎么艰难，这条路依旧要走下去。

演出邀约又来了。对方提供的素材中，主人公是一位留美博士，是诺贝尔物理学奖得主的学生，专门研究LED技术。如果单从技术层面讲，可能对普通观众的吸引力不大。但如果把落脚点放在家庭教育，就会引起很多观众的共鸣。

撰写剧本时，他虚构了几户人家，每家采用不同的教育方式，造就主人公和小伙伴不一样的人生道路。其中既有宽松式教育，也有功利式教育、强迫式教育。强迫式教育让孩子迷失自我，不知道自己需要什么。而宽松式教育却能培养孩子的兴趣爱好，成就一位85后青年科学家。通过曲折离奇的剧情，给观众留下深刻思考。

离规定集合时间还有半小时，所有演员皆已到齐。看得出，尽管身经百战，大家对这次演出还是很重视。嬉闹一阵后，排练正式开始。他眼圈红红的，脸色有些灰白，嘴唇显得干裂。为了这个剧本，他好多天没有睡过安稳觉。尽管双腿有些发飘，他还是用尽气力指挥排练。我也使出全部气力，全情演绎剧中那个蛮不讲理的母亲。其中有几句台词，需要歇斯底里地吼叫。一遍遍排练，吼到最后嗓子开始嘶哑。

排练结束，他端上一杯胖大海，而我也奉上一杯红枣人参汤。我们相互会心一笑，各自喝下凝聚着爱人心意的营养汤。

演出大幕徐徐拉开，不时穿插着“逻辑错误”。观众们听得全神贯注，没有一点走神。谢幕时，观众响起经久不息的掌声。他不禁潸然泪下，这是激动的泪水。

就在答谢观众时，他突然双膝跪地，从身后拿出一个小盒子。

打开，是一枚闪闪发亮的钻戒。顿时，泪水从我眼眶涌出。这些年陪在他身边，我们俩的关系进展并不快。总希望他能主动些，让我心里能踏实些。无奈这个木瓜，说相声很顺溜，现实生活却有些羞涩。大庭广众之下，他能这么向我求婚，我还能再说什么？就是为了他，我把自己弄丢了，但这是我自愿的，谁让他是一个值得托付终身的人。

“说好了，你要让我欺负一辈子。”我要泼地对他说。

他微微一笑：“愿意！当然愿意。”

# 第二章 谁年轻时，没在恋爱PK中摔过狗啃屎

别让任性划伤他的心
谁的青春不走眼
你不是我碗里的菜
谢谢你，陪我走完这段荒凉
美妙的青葱时光，化作一缕云烟
在错的时间，遇到对的你
换上合脚的鞋，我的人生才能春暖花开
你那么在意他，他把你当回事吗

## 别让任性划伤他的心

“我很希望，他能回到我身边，哪怕要付出很大代价。”表姐婷婷一边说，泪水一边顺着脸颊不住往下流。

我能理解她的心情，经历情感上的曲曲折折、起起落落，她才明白谁是爱的、在乎她的。可是，一切都晚了。他走了，毫不留情地走了，不带走一丝云彩。

### 1

表姐已过而立之年，至今待字闺中。如果颜值低，这一切还能理解。偏偏表姐是个大美女，绝对是校花级人物。追求她的人，可以用车载斗量来形容。可表姐永远是那么孤傲，无情地碾碎一颗颗痴情的心。她就像一朵白莲花，只可远观而不可亵玩焉。

不过，总有人“死性不改”。哪怕屡战屡败，也要屡败屡战，像牛皮糖黏着表姐。真佩服他的韧劲，换作我，早就到一边凉快去了。

大学校园，永远充满文艺范儿和浪漫气息。暂时远离世事纷争，没有升职加薪、养家糊口的达摩克利斯之剑，这里天生就具有产出美妙爱情的土壤。

表姐所在的大学，有一条樱花大道。每年三四月份，白色的樱花花瓣随风飘落，好似片片飘逸的雪花。行走在其间，芳香四溢。爱美之心人皆有之，表姐当然也不能免俗。她也在人群中，流连于这自然美景。真是美人配美景，人如花，花应景。站在樱花树旁的表姐，自然招来无数异性的目光。

正当表姐微微闭上双眼，吮吸醇美芬芳时，身后突然传来一阵咔嚓声。回头一看，原来是个男生，手中端着单反相机。表姐的倩影，都被收入镜头。

“你，谁？”他笑着做了个鬼脸，傻傻地对她说：“你真美，美得让人醉，让人无法抗拒。这不能怪我。”“好啊，你敢侵犯我的肖像权，看我怎么收拾你。”表姐卸下淑女的外衣，展现出“野蛮”的一面，伸手抢夺男生手中的相机。

这一闹，闹得两人认识了。他比表姐年长三岁，表姐称他为师兄。他长得阳光帅气，腹中才华横溢，谈吐中带点幽默，处事上不失机智。这种男生，绝对是女生心目中的男神。表姐却不吃这一套，连正眼都不朝他看一下。

“要是给他脸，还不飞到天上去。”每次室友齐声“谴责”她对师兄冷酷无情，表姐都这么信誓旦旦地说。

“你要是不喜欢他，就留给我们吧。这世道上，这么优质的男生已经不多，别暴殄天物。”哎，一群花痴，表姐把后背留给她们，拧亮书桌上的台灯，沉浸在自己的世界中。

越是得不到的东西，越能激发男人的征服欲。不过要想俘获芳心，还要经历九九八十一难呢！

这不，师兄又使出男生追女生的土办法：表姐寝室下，出现一排排点亮的蜡烛。一声声呼喊表姐的名字，把其他女孩都惊动了。循着声音方向，女生们探头张望。

真幸福！很多女生吐露出羡慕嫉妒恨。

这招真是百试不爽。表姐再也不能无动于衷。在室友威逼下，表姐出现在寝室阳台上。能让心上人倚栏相望，师兄更带劲了："我爱你，婷婷。"他还用手做着"心形"的手势。

正当师兄觉得计划得逞，表姐的话差点没让他晕倒在地上："让我再考虑一下吧。"

## 2

考虑一下，至少以后还有戏。只要没拒绝，师兄还会使出各种手段。他不停给表姐送小礼物、约看电影、邀请参加聚会。表姐的抵御力真强，我自岿然不动，任尔东南西北风。谈笑间，师兄的"轮番攻势"灰飞烟灭。

表姐对别人吐吐舌头，我还年轻，不想过早谈恋爱。她还满脑子学习，做着她的学霸梦，根本不理会一个男生为她做了什么。

多年后回看这段光阴，她一定会后悔不已。为了让师兄远离自己，表姐绝情地说他们俩不合适，请你不要骚扰我，说完转身就走。

师兄把心思收回到学习上，又读了三年研究生。他要为生活在外打拼。这座城市不是他的家乡，除了求学，他还要养活自己。每当坚持不下去时，他就会想起表姐在默默注视他。有了这份信念，再苦再累也值得。

读完大学后，表姐没有继续深造。师兄再次出现在她面前，手捧一束玫瑰。他对表姐说：“我一直在等待这一天，请给我一个机会。”

三年来，师兄没交过女朋友，心里只有表姐。表姐依旧没什么反应，师兄急得从包里拿出几张纸。这是什么？合同，是大型国企的录用合同，上面的薪酬是五位数。

那是师兄新收到的offer。

但是我怎么会离开你呢？所以，这家公司，我不去了，撕了为好。

咔嚓一声，offer变为两半。

好了，我们可以从朋友做起。

我现在很忙，还是少接触。表姐怕师兄做出什么过激举动，只好来个缓兵之计。

然而，师兄终究无法走进表姐的生活，希望越来越渺茫。有时，他呆呆地凝望天空，希望老天爷为他出出主意。

终于有一天，师兄看到表姐搂着一个男人的肩膀。这是表姐新交的男友，逛马路时无意撞到师兄。师兄冲上去质问，表姐理直气壮地说这是她的恋爱自由，他没权力干涉。人家是IT男，有房有车，你是loser一个，难不成让我跟你去受苦？

最后这句话，深深刺痛师兄的内心。他为表姐付出那么多，甚至舍弃待遇优厚的工作。可是表姐却那么绝情，还用这个理由羞辱他。他走了，带着受伤的心走了。

## 3

半年后，表姐又失恋了。那个IT男，没有表面看上去那么老实。他搂着一个妖气的女人，手指甲涂得血红，裙子短得不能再短。一直高傲的表姐，怎能容忍如此行为？分手，坚决分手。

城市的霓虹灯依旧在闪烁，路上依旧是忙忙碌碌、步履匆匆的行人。憔悴的表姐，走进从未染指的酒吧。啤酒，女人尖叫，震耳的音乐，一切都歇斯底里。不管情绪如何低落，这里总能暂时忘却烦扰。今朝有酒今朝醉，醉了什么都不知道。

不知通过什么途径，师兄打听到表姐失恋的消息。他又满血复活，屁颠屁颠、鞍前马后地伺候表姐。上班送，下班接，知冷知热地陪在身边。有时，还充当出气筒和肉靶子。

表姐发泄完一通，内心毒素排出来不少。她有些感动，态度也在好转。阴云散去，这条美人鱼又散发出迷人光彩。

就在表姐准备投入师兄怀抱时，父母那边硬塞过来一个官二代。官二代的条件很不错，对待女人也有一套，让表姐无法拒绝。

“喂，你在哪里？”

“你要怎样？”

“你为什么一直不接我的电话、不回我的短信？”

“你烦死了，我们不合适。”

后来，师兄才知道表姐和一个官二代好上了。人家要权有权、要钱有钱，自己这块垫脚石该让路了。

师兄这次很平静，没有继续追问下去。既然缘分已尽，那就好分好散吧。

## 4

师兄一个人离开这座城市，离开让他多次受伤的表姐。回家乡，是他最好的选择。也许大学毕业时，就该去那个地方。

伤痛渐渐稀释，很多刻骨铭心的往事，变得依稀模糊。忘了这一切吧，别用这些事来折磨自己。

手机响了。对方在哭泣。这个声音太熟悉了。“这次是你甩了人家、还是人家甩了你？”

“呵呵，官二代找到更好的人，你现在又想到我，让我与你再续前缘？可是，你考虑过我的感受吗？”

表姐在电话里无语，她太自私了。

“我曾经很爱你，爱得像火焰一般炽热，甚至可以为你放弃生命。但这份情意需要珍惜，需要我们共同浇灌。没有雨露滋润的花草，只会慢慢枯萎。这就是我想和你说的，时间不早了，我要休息了。”

电话里的嘟嘟声，预示着一切不可能再重来。

“他会原谅我吗？”表姐又一次问我。我无法回答她。她把师兄伤得太深了，伤筋动骨都要一百天，何况是心理上的创伤。

这个世界上，总有个人会爱你爱得昏天黑地、爱得不计结果。他被爱情冲昏了头脑，智商几乎降到零。

可是，你不该利用他对你的爱，肆无忌惮地在他心上划出一道道伤口。

爱是有限度的，当他的爱换来的只是伤害，他会在适当的时候选择放手。别到那时，才为自己的任性后悔。

任性一点、作一点，男生还能包容。但千万不要过了头，把他当成不知痛的人肉沙包。对他手下留情，其实是在为你的情感留下一线生机。

让我们珍惜眼前的情感，且行且珍惜。

## 谁的青春不走眼

### 1

半夜，我在床上不断翻身。白天，刚见完几个怪咖，精神高度兴奋。这都几点了，神经系统还未切换到睡眠模式。

开始数羊，1、2、3、4、5……100、101……1000、1001……邪门了，越数越精神。完了，连数羊都不起作用，难道这是逼我服用安眠药的节奏？

不想作践自己身体，不想重蹈“年轻时拿命换钱，年老时拿钱换命”的悲剧。只好傻愣愣看着天花板，今晚是满月，月光洒在地板上，又反射到天花板，蛮有诗情画意的。

要不起来坐坐，对着皓月吟诗一首，或许不朽诗篇就此诞生。

柜子上，有瓶喝了一半的葡萄酒。倒满一杯，对着“婵娟”自斟自饮起来，还真有“举杯邀明月，对影成三人”的意境。正当我逐渐进入状态，可恶的手机铃声，一下子把我从诗意中硬生生拉回来。

“涛，还没睡吗？正巧我也睡不着。有件大喜事要告诉你，婷婷和我的婚礼，定在下个月18号。一定要来哦，不来可别怪我不认你这个哥们。”

他是小傻，我的大学死党。这段时间工作忙，和他联系少了。哥们话语里，明显沾着要做新郎的喜气。哼，得意什么，不就是讨了个老婆吗？以后有你哭着闹着的时候。有人说婚姻是自由的坟墓，结婚后，你还能像单身时“拎起行囊就出发”吗？

你怎么这么邪恶？别人的大喜事，竟被你这么诅咒。别忘了，他在你结婚时，可是送过份子钱的。

啊，不好，份子钱。这个月是婚礼扎堆，份子钱满天飞。为了应付六场婚礼，我大半个月工资被掏空。

“小傻，祝贺你啊！不过，哥们最近手头特别紧。你也知道，我刚结婚，钱基本上都花完了。你嫂子又要为我添个大胖儿子，这不，以后花钱的地方可更多了。”我几乎快把眼泪挤出来，这表演天分，都快赶上北京电影学院的学生了。

“行了，别和我装。你那点花花肠子，瞒得过我吗？知道你不容易，份子钱不要了，行吗？早点来啊！我有很多事要仰仗你啊！”小傻到底是大方，这下子，倒让我不好意思了。

能把娇妻揽入怀中，小傻不容易。他在恋爱中多次跌倒，终于修成正果。小傻的怪事实在太多，绝对可谓车载斗量。

## 2

“我叫陈天沙，大家可以叫我小沙。”新生报到时，他的介绍是最为简短的。分配寝室时，他成为我的室友。因为谐音关系，“小沙”变成了“小傻”。他是个和气佬。面对这略带挑衅的绰号，没有提出任何异议。从此，小傻的大名响彻整个寝室。

小傻的名字中虽带着“傻”字，但和真实情况完全南辕北辙。他是我们班里高考考分最高的学生，曾在高中荣获过全国物理竞赛一等奖。慵懒的大学生活，没有改变他的生活轨迹。他生活在自己的世界中，和寝室里其他人的交集很少。平日里，我们在寝室里通宵“练级”，他的主战场就是图书馆或自习教室。他捧着书回来时，已是半夜，精神抖擞、容光焕发。几个“堕落分子”东倒西歪，目光呆滞地看着电脑屏幕。他叹了口气，洗漱一番后窜到上铺。没多久，便是一阵呼噜声。

说到他的呼噜声，那绝对是我们寝室一绝，分贝数堪比发动机。起初，大家被他吵得难以入睡，但后来也渐渐习惯。发展到最后，要是听不到这个呼噜声，这觉就没法睡。

小傻的努力没白费，很快成为系里的名人。这年6月，一篇关于物联网的论文，让他荣获“挑战杯”全国大学生课外学术科技作品竞赛一等奖。消息传来，全系震惊。尤其是系里的女生，都开始打听这个略显木讷的男生。

小璐是上一届的师姐，年龄比小傻大两岁。她做事稳妥，没有直接找到当事人，而是通过我打探小傻的情况。这叫知己知彼、百战不殆。

“要我提供‘情报’可以，先要满足我这张嘴。”

师姐当然明白我的意思，提出今晚就带我去学校附近的西餐厅。

我是个馋嘴猫，当然不会放过宰她一顿的机会。家里穷，只能买点垃圾食品解馋，哪有机会去这样装潢考究、消费更考究的高档餐厅。这天晚上，我是老鼠掉进米缸，恨不得把桌上所有东西都装进去。

就是这顿饭，我把小傻“卖掉”了。

摸清情况后，师姐准备朝目标“开炮”。她觉得男生大都喜欢运动，一双阿迪达斯运动鞋定能一击必中。那天晚上，我站在寝室阳台上，看到师姐亲手把鞋子递给小傻。小傻推辞几番，还是收下了。

心里一阵难受，学霸到底是学霸，连女生都会撕下矜持的外衣，主动投怀送抱。哎，鄙人是学渣，只有羡慕的份儿。

几天后，师姐来找我。她突然觉得不对，盯着我的脚看。没错，脚上那双鞋，就是她送给小傻的那双“阿迪达斯”，型号也是一模一样。

怎么这双鞋到了你脚上？我只好实话实说，是小傻转送给我的。

师姐低头，沉默不语。许久，她才吐出一个字，滚。

我正想解释，她又憋出六个字，你快点给我滚。

也不怪师姐，为心爱的人精心挑选的礼物，就这么不咸不淡随手转送给其他人。换做谁，都会发飙的。

哎，小傻啊！让我说你什么好呢？

## 3

她不是我喜欢的类型，总不能逼我和她在一起吧。好吧，他说得在理。他继续单着，和我一样。

不过一个月后，他开始不带书本出去。回到寝室，还会一个人傻笑。小傻真傻了，作为阶级兄弟，可不能置他于不顾啊。“你们瞎想什么？”他突然害羞起来，脸一下子红了半边：“我喜欢上一个女生，英语系的。”

“老实交代，怎么追上这个妹子的？”众人眼睛开始发绿。“是在图书馆走廊上遇到的。那天下午，我看书看累了，出了阅览室走几步、散散心。就是在走廊上，我遇到她。她一袭长发，像黑色的瀑布。第一眼看到她，我就走不动路了，心怦怦直跳，浑身发烫。她很大方，主动和我打招呼。我强行压制体内乱窜的荷尔蒙，做了自我介绍。‘你就是那个拿挑战杯一等奖的学霸，久仰久仰。’有她这句话，心定了。赶忙问她要了联系方式，她很爽快给了我。”

关键时刻，还是“学霸光环”在起作用。换作我，或许女生早就喊“臭流氓”了。

在这段初恋前，小傻的智商超群，情商几乎为零。这不要紧，网络时代，内事问百度，外事问谷歌，糗事问天涯。他不管内事、外事、糗事，把百度、谷歌、天涯翻了个底朝天。不为别的，就为恋爱秘籍。一通昏天黑地的狂补后，他决定理论与实践相结合。谁知，事态却未顺着他想象的方向发展。

也许女生那天给他联系方式，并非认同和他是恋爱关系。朋友也可以留手机，难不成所有朋友都要变成恋人？小傻，这回可是单相思了。他不顾血淋淋的事实，依旧像头蛮牛往前横冲直撞。攻略、秘籍中的每一招、每一式，几乎都被他用过。女生不忍伤他的心，勉强答应出来。但和他在一起时，总是心不在焉的，不是在玩手机，就是在想什么问题。匆匆聊了大半个小时，就找个借口离开。

既然聊天不行，那就出去看电影、去游乐园。就不信，这些办法拿不下你。那女生真可谓百毒不侵的“东方不败”，什么招式都拿她没办法。无奈之下，小傻只好保持着和她的朋友关系。留得青山在，不怕没柴烧。只要她没有彻底与我拜拜，后面还有戏。

## 4

机会还终于被小傻等到。一年后，女生遭遇不测。下课回寝室，女生一脚踩空，从楼梯上摔下来。

平日里，女生的室友们也被小傻“策反”。这时候，这些“潜伏者”发挥作用。得到这个消息，小傻第一时间赶到，一把将她抱起，用尽力气向校医院疾步快走。

小傻的体育成绩徘徊在及格线边缘，尤其是一千米长跑，不到一半就气喘吁吁。可这天，小傻如同吃了兴奋剂。检查结果，女生半月板撕裂，需要休养几个月。“别怕，我会一直陪在你身边。”他紧紧握住女生的手。

女生住院的一个月内，小傻除了上课，几乎没离开过医院。床上，女生闭着眼睛在休息，而小傻头发乱糟糟的，身上一股怪味。我将他提溜到病房外，轻声问他：“你这么做，她都没有动心，值吗？”“值，只要有一丝希望。这是第一个让我心动的女孩，不能这么轻易放弃。”

哎，都说恋爱中的女生智商会降低，没想到痴情的男生也好不到哪里去。小傻啊！哥们不想看着你在这场博弈中受伤。

女生能走路了，当面对小傻说了几声谢谢，还请他去茶餐厅饱餐一顿。就为这事，小傻就美得不行。“你看，我没放弃对吧。”女生的态度稍微热情一点，小傻就像被雨水滋润的秧苗，在爱的土壤上疯狂地生长着。

此后两年，两人关系并没有重大进展。小傻好几次旁敲侧击地表白，都被女生巧妙地化解。他们像恋人处着，却没有那种热恋的如胶似漆的黏稠感。

大四那年，小傻保研，而女生决定考研。小傻没有复习应考的压力，全身心陪在女生身边。就在全国统考前两个月，女生突然接到家乡的电话，父亲因心脏病猝死，让她回去奔丧。他想陪女生回家，却被拒绝了。

一星期后，女生从家乡回来，眼睛肿得像核桃。她哭着对小傻说，父亲生前嗜赌，欠下一屁股债。就在父亲追悼会那天，债权人还上门来催债。她只好答应别人，由她来还债。

“那怎么行？说好我们一起读研究生，将来一起留在学校。怎么你反悔了？”小傻呆头呆脑地说。

“爸没了，我妈孤苦伶仃，家里欠下巨债，我还怎么念书？为今之计，只有先挣钱，把爸欠的债还清。”女生边说边哭。

小傻似乎下了很大决心说：“你不读，我也不读了。我和你一起出去打工，挣来的钱都用来还债。”

系主任坐不住了，这孩子怎么这么傻呢？为了还钱，竟然主动放弃保研，出去找工作。要知道，我们专业可是学校的王牌专业，而小傻是被当作重点人才来培养的。今后他可以一路读到博士，留校任教，并被当作青年教师骨干。有诸多老前辈扶持，他一定会在这个学术领域占有一席之地。可是，这一切他都不要，他只要和那个女生在一起。

放弃保研的那晚，小傻和我来到校门口的夜排档，要了一整箱啤酒。我就陪着他喝，一直喝到半夜。他酒量差，酩酊大醉，嘴里叽里咕噜说着胡话。我也喝得醉醺醺的。那晚，不知是谁把我们送回寝室。

离校那天，小傻拖着大包小包的行李，与我，还有寝室其他几个哥们道别。四年光阴，弹指一挥间。小傻走了，身边并没有那个女生。不知他这一切舍命付出，值不值得。

此后，小傻的消息不多。尤其是工作忙的时候，和他联系更少。

不过，还是通过他的微信朋友圈，知道他没和那个女生走到一起。多年的付出，只是他的一厢情愿。就如那个向她示爱的师姐，最终换来的是灰头土脸。

不过，这并不妨碍他现在的甜蜜。婚礼上，小傻和美丽的新娘甜蜜温馨，羡煞台下众人。

青春，就是荷尔蒙泛滥的时候。有时候第一眼看上的人，并不一定会有好结果。但这些不要紧，谁的青春不走眼。即使是看走眼，若干年后也会成为温暖的记忆，静静待在角落，等你空闲时再次翻开。

## 你不是我碗里的菜

很多时候，爱是一厢情愿。明知道对方不适合自己，画面上已出现“GAME OVER”，却依然死命把对方抓在手里，哪怕身上出现伤口，流着鲜血。

### 1

工作日高峰时段，公交站等车的人永远很多。我依然觉得孤独冷寂。这么多陌生人，不会有人愿意听我的倾诉。即使是微信和QQ好友，也没这个耐心。

发达的通讯手段，只是带来很多点头之交。需要找人说说话时，却发现无从下手。即使点开对话框，常常也没有下文。

我带着倦容，一脸迷茫地望着前方。刚结束一段恋情，持续整整三年，把大好青春全都赔进去。几次走到分手边缘，都在求饶和妥协下化解。这次，他真的消失了。此前冷战至多持续半个月，而这次整整一个月零九天。

看来他真的累了，决定彻底撂挑子。我却放不下，这些天都在熬夜，念着那些不能忘怀的岁月。

忽然背后被人拍了一下。回头一看，是好友糖糖。她身旁，站着一位高大帅气的男生。他个子很高，四方脸型，带着一副黑色边框的眼镜，30岁左右的模样。身上一件黑色西装，深蓝色的领带，脚上一双鳄鱼牌皮鞋。这打扮，这腔调，一看就是熟男。从他们亲密的模样，明眼人就知道是什么关系。男生说了一通甜言蜜语，随后步履轻盈地离开。

“还坐什么公交车，这么多人，挤得跟沙丁鱼似得。到公司后，也是一身臭汗，多影响工作情绪！要不是阿勇的车坏了，直接让他送。”说话时，糖糖拿出粉底和唇膏，又给自己补了补妆。

我依旧惦念着公交车何时会来，脸上写满焦急。等了快半个小时，今天肯定迟到，这个月的全勤奖泡汤了。

“别急，我叫的车还有两分钟就到了。先送你去公司，肯定不会耽搁的。”糖糖把粉底和唇膏放进随手的小包，动作也是那么优雅。

车来了，是辆黑色尼桑。盛情难却，我只好上了车。

## 2

糖糖的初恋，我全程见证。她是个美女，这个事实无可争辩。读大学时，追求他的男生，不可胜数。她总喜欢穿白色衣服，配上白皙的皮肤和迷人的小蛮腰，对任何男生都有很强的杀伤力。她那头披肩的秀发随风摇摆，像一团黑色的瀑布，这画面估计经常出现在很多男生的梦中。

女孩有了美貌这个资本，就会显得很孤傲，对周围人的示爱显得不屑一顾。很多人想方设法找到我，希望让我从中斡旋、疏通。“吃了别人的嘴软，拿了别人的手短。”我心甘情愿当起了二传手，她却根本不领情。

那些拒绝的男生中，很多是“优质品”：学霸、学生会主席、富二代……要能力有能力，要财富有财富，她就是不动声色。连我都替她着急，这么暴殄天物。要是他们中间有哪个愿意对我暗送秋波，我早就投怀送抱了。

算了，不想了，谁让咱是丑女一个。

大学期间，糖糖的心思基本在学习上，考出不错的托福和GRE（美国研究生入学考试）成绩。毕业时，收到英国几所大学的录取通知书。她远赴英伦，进了我心中无限向往的剑桥大学。

此后的联系少得可怜。刚工作那会儿，一直过得暗无天日。上司找茬、老板刁难、办公室里步步惊心，每天都谨小慎微。回到家，撕下一张张面具，累得不想动，哪还有心思和糖糖联系。偶尔在节假日，看看糖糖的微信朋友圈。她也在吐槽：国外冷漠的人际关系、巨大的课业压力、前途未卜的将来……

人的心理很微妙，最痛苦的时，看到有人和你一样在苦水中挣扎，就不会再觉得那么难以忍受。

四年后，糖糖回国。他与她同岁，是一次读书会上认识的。儒雅的气质、幽默的谈吐、广博的知识，一下子命中糖糖的靶心。

这下子，糖糖不淡定了。心中小鹿开始蹦跳，总想着办法接近这个男生。图书馆内，他座位的对面，糖糖心不在焉地看着书。没看几眼，就偷偷瞟他一眼。如果恰巧四目相对，糖糖赶忙害羞地低下头。

时间一长，男生也注意到这个女生对自己有意思。他伸出那双温暖宽厚的大手，把这个俏皮可爱的女生揽入怀中。他们开始做普通恋人都做的事，吃饭、看电影、逛街。

有一点，糖糖始终安不下心。照理说交往一段时间，彼此有了一定的了解。如果准备继续交往下去，他该说出那句话。

但是，他就是不说，搞得跟英勇就义的烈士似的。

糖糖当然有办法，你不说，我有办法让你说。

## 3

糖糖开始不拒绝结交优秀单身男士的机会。她成为社交活动的常客，总是舞台中央那颗最耀眼的明星。面对任何男生跳舞的邀约，她淡淡一笑，伸出柔弱纤细的小手。和着舞曲，她梨花带雨、上下翻飞、舞得狂野、让人沉醉。

那个男生开始抓狂，指责糖糖不该这么随便。已经是有男朋友的女生，不该频繁出现在这样的场合，不该让别的男人随便牵手。

糖糖笑靥如花，轻轻甩掉男生那双手。在你没说出那句话前，我现在还是自由身。你有什么权力干涉我选择人生伴侣的自由？当然，你也有权利和别的女生交往。就算给我知道，我也不会生气。

男生努了努嘴，僵了一会儿，依旧没说出那句话。

看来火候还不到位。只要继续下猛药，才能让他就范。

糖糖继续是社交场的名花。男生憋不住了，不断发消息追问她的行踪。有一次，糖糖和学弟在看电影，手机铃声不合时宜地响起。话筒里传来一个焦急的声音：“你在干吗？怎么不回短信？”

糖糖很平静地说："那么紧张干吗？我在看电影。""身边还有什么人？有男的吗？""有啊！"电话却在此时突然挂断。

电影散场，门口出现那个熟悉身影。他一脸怒气，恨不得把学弟生吞活剥。学弟见情况不妙，赶忙找个借口开溜。

现场就撇下糖糖和男生，两人就这么看着，就像两个武林高手，等待出手发动致命一击的机会。

还是男生忍不住，再次责问糖糖：为什么不在乎他的感受？故意和别的男生交往？糖糖就这样听着，看来对方已中圈套。

说到最后，糖糖终于等到一直想听的那句话："我不允许你再和其他男生在一起。你是我的女朋友，我爱你，我要保护你，不让你受一点委屈。"

说到这里，糖糖叹了一口气，自己也是不得已才出此下策。其实心里很喜欢这个男生，要是这招用不好，很可能引火烧身。幸好他还是按照设想进入"伏击圈"，这才让"奸计"得逞。

他们的关系迅速升温，不过糖糖并未因恋爱荒废学业。她明白，女生不能是男生的附庸，否则以后会后悔的。

男生总是在一些场合问她："如果他今后的事业蒸蒸日上，愿不愿意在家相夫教子，做全职太太？"糖糖虽然心里不太愿意，但表面上却未置可否。他这么说，证明他还是爱自己的、在乎自己的。可是，自己依然要有一片天，那是只属于自己的小天地。没了这块自留地，经济上就会不独立。经济上依赖男人的女人，注定会遭遇不幸的。

# 4

他们的岁数也不小了。男生提议，想带糖糖去见自己的父母。如果父母觉得合适，他们就筹备婚礼。

等来到这幢位于郊外的别墅，糖糖才知道男友竟是富商的儿子。屋内装潢十分考究，金碧辉煌的，像座皇宫。客厅墙壁上，挂着价值不菲的字画，橱窗内，还有一些古玩珍品。好家伙，敢情自己摊上一个富二代。这个死鬼，怎么一直瞒着自己这些？糖糖心里咯噔一下。

男友的父母都是商人，带着商人的精明和算计。他们用奇怪的眼神打量着糖糖，看得她很不舒服。相完面后，又开始刨根问底，恨不得把糖糖的祖宗十八代都问出来。糖糖愈发不满意，碍于男友在身边，只好把不快噎在心里。

“讯问”结束，到了吃饭时间，男友不时往糖糖碗里夹菜。他的母亲阴阳怪气地说：“儿子，你以后娶了媳妇，会不会忘了老娘？”男友脸色很尴尬：“妈，我哪会这样？以后让我和糖糖一同孝敬您。”

男友这番话，让糖糖很失望。虽然孝顺父母天经地义，但他母亲这么说，摆明就是从侧面敲打自己。这还没进门，婆婆就这么强势，要是今后跟男友过日子，还不知道会怎么样？这顿饭，糖糖吃得食不甘味。

荒唐事还在后面。一个月后，男友拿来一份承诺书。一看内容，差点气出内伤。这份承诺书是男友父母拟的。他们摆出一副强势者的姿态，要糖糖承诺，婚后不准对他们家的财产有任何非分之想。结婚后，也要接受他们的管束，如果不同意，就不让儿子和她结婚。

糖糖当场发飙，把协议书狠狠扔到地上。这日子没法过了，你爱和谁过和谁过。男友拽住糖糖的手：“要不我们再忍忍？也就几年时间，父母就会把家族企业的管理权交到我手里。等到那个时候，我就可以说了算，你也不会再这么憋屈。”

糖糖流着泪说：“等几年？我的大好年华，禁得住这么耗下去吗？你老是迁就父母的想法，有没有考虑过我的感受？”

这一来二去，男友的脾气也上来了。最终，两人不欢而散。

半个月内，他们没有任何联系。糖糖的性子倔，这事决不能妥协，否则今后只能做个可怜的小媳妇。

半个月后，男友微信朋友圈内，出现一张漂亮女生的照片。这么快就变心了？只怪当初瞎了眼。不过即使离开，也要一个明确的理由。糖糖还是找到前男友。

对不起，糖糖，可能我们这辈子没缘分吧。这是我父母强行塞给我的，据说是一家银行行长的千金。父母说，和她家联姻，以后家里的生意会更好做。我抗争过，但无效。

走吧，戏到了曲终人散的时候。糖糖走了，离开这个伤心地。她把所有相关记录都毁掉，免得看到伤心。

她情绪低落了一阵，不过很快重新找到生活重心。工作，事业，很多精彩等着她去经历。为什么要纠缠在一段已死的爱情中？把自己折腾得死去活来、气若游丝？振作起来，她满血复活，在工作岗位上干得风生水起。

就在一次生意洽谈上，她遇到现在的男友阿强，也就是我刚才看到的那位熟男。

公司到了，我不舍地下了车。坐在电脑前，仔细回味糖糖刚才说的话。没错，他不是我的菜，为什么要因为他的离去而伤心？别过分神经质，上天不会对某个人过于狠心。让那个不适合你的人滚蛋，一定会有真正爱你的人在未来等着你。

而你要做的，就是把自己打扮得明亮光鲜，让自己的修为再上一层楼。当你兼具女王范和小鸟依人，还愁没有男人围在你身边吗？

这时，电脑开机声清脆地响起。我开始了新一天的工作，同时崭新的情感生活也就此翻开。

## 谢谢你，陪我走完这段荒凉

每次刷微信，总忍不住点开他的头像——一匹仰天长啸的狼，眼神中带着凶光。他说自己喜欢狼这种动物，桀骜不驯、坚忍不拔。

他已经是过去式，可我始终放不下。哪怕分手快三年了，哪怕不久后，自己将披上婚纱，成为他人的新娘。

小楼昨夜又东风，往事不堪回首月明中。站在五星级宾馆的阳台上，仰望着一轮明月，阵阵东风，捎带一丝微凉。

### 1

三年前，一切都“兵荒马乱”。

刚从一段轰轰烈烈的恋情中走出来。那是我的初恋，带着朦胧、酸涩的气息。不顾家人反对，我毅然离开家乡，和他来到这座陌生的城市。这里气候湿热，一年四季都是夏天、每时每刻都是湿漉漉的。饭菜也不对胃口，什么东西都是那么寡淡、那么无味。

我辞掉原本安逸、稳定的工作。每天朝九晚五，上班时基本上闲的无事，只能靠淘宝和网页打发时间。当然这份工作最大的好处是不怕失业、到了月底，工资会安然进入账户，不会担心被拖欠。

可是，我却像个二傻，楞把这个金饭碗砸掉。递上辞职信的那一刻，人力资源部的工作人员木然地看着我，问我是否想清楚了。我很明白地告诉他，这就是我的最终决定。

回到家，免不了被父母的口水淹死。父亲最后撂下一句狠话："你跟那个穷鬼，不会有好日子过。不听我们的话，今后有你后悔的。"

"我不会后悔，哪怕跟他讨饭，也不会离开他。"这话，说得铿锵有力。

结果被父母言中。找了一份行政文员的工作，每月两千多元的收入，还要忍受老板刁难、面对无休无止的琐碎事务。

他却食言了，心安理得地在出租房内打电脑。说他几句，他脾气还上来了。他不在家里打电脑，整夜整夜不回来。打电话给他，听到一个女孩子娇滴滴的声音。

我顿时眼前一黑，手机一下子没握住，清脆地摔到地上。

他恳求我宽恕他。

第一次，我心软了。可是狗改不了吃屎的毛病，他继续背着我在外面拈花惹草。直到那次在娱乐城被我抓到现形，心中集聚的怒火彻底爆发。

没有再多说什么，狠狠扇了他两个耳光，随后头也不回地走了。

把自己关在房间里整整两天，期间不吃不喝。直到意识模糊，突然产生活下去的强烈意愿。

胡乱弄了点东西，一股脑都塞下去，终于觉得好受些。

还要回去吗？看来不行，说了那么多恩断义绝的话。再回去，脸面往哪儿搁。

还是得去上班，挣钱，养活自己。

刚到办公室，就被行政主管叫去。本以为是布置工作，却收到一张A4纸。“辞退通知”，像几根钢针直扎内心。你这两天突然失联，耽误了很多工作。老板决定让你走，我替你说了很多好话，没用。主管显出很关心我的样子。

谁会信你的鬼话？平日里，隔三岔五在背后打我小报告。遇到这个好机会，肯定落井下石。算了，走吧，老娘不伺候你们。

## 2

重重关上房门，使劲甩掉高跟鞋。

那双被高跟鞋折磨得不行的双脚，需要喘息。我也需要喘息。

职场、情场，场场失意，坏事都砸到头顶上。准备好好大哭一场。泪水是最好的疗伤药，就让泪水来稀释情绪的毒液。

正准备开哭，忽然传来一阵响亮的音乐。这里地处城郊接合部，平时一向很安静。谁有那么好的心思，把音响开得震天响。尽管播放着轻音乐，但此刻对我来说，这依旧是噪音。

哭要有气氛，却不需要背景音乐伴奏。

我顾不上穿鞋，赤着脚窜到楼上。狠命敲门，好一阵都没回音。正当我准备用脚踹门时，一位帅哥出现在眼前。

他皮肤很白，一双仿佛可以洞悉世间万物的耀眼黑眸，带着点忧郁气质。鼻梁高挺，侧脸的轮廓如刀削一般，棱角分明却又不失柔美。冲我淡淡一笑，这种微笑，像一束温暖阳光，融化心中所有寒冰。他穿着得体的米色T恤，左手手腕上带着一串黑曜石，整个人都带着天生高贵不凡的气息。

他这长相，让我心中怒火消退不少。

“你好，这么晚光临寒舍，有何见教？”他彬彬有礼地说。

这才想起自己是来兴师问罪，故意摆出一副母夜叉的模样，蛮横地说：“把音乐开这么响，还让不让别人活了？”

“就为这个啊！美女，生活压力都这么大，需要通过某种方式来宣泄。难道你不要减压吗？”

他这么一说，我还真找不到继续刁难他的地方。

“进来，外面凉，你还光着脚呢。”

听到他的提醒，顿觉一阵凉气从脚心传递到全身。算了，不哭了。有帅哥陪伴，比一个人闷在屋子里哭强多了。

陌生人面前，没什么顾忌，我把所有不快都说出来。他静静听着，不时“哦”一声，算是对我的回应。

大约一个半小时后，倾诉暂时打住。他笑着说，美女，别伤心，天底下有这样遭遇的人，不止你一个。

他开始讲他自己。也刚刚失恋，那是一场从7岁就开始的爱恋。女友和他青梅竹马，从小学开始，他们就是邻居，每天一起上学、放学，一起做作业。完成学业后，她依旧陪在他身边。不过一个月前，她留下一封信，走了。

女朋友的家人逼她走的，为她物色了一个凤凰男，哪方面条件都比他好。女朋友有过抗争，不过抗争无效。

分别那天，西边的天空被夕阳染成红色，带着一丝悲壮。他望着她的背影，融化在这片红色中。

说这些时，他显得很平静，好像这些都在意料中。

你就不伤心吗？毕竟别人抢走了你的青梅竹马？

伤心什么？命运这事，谁也阻拦不了。要怪，也怪我自己无能。大学毕业这么多年，还是这么穷、这么没用。靠一些鸡零狗碎的文字，勉强养活自己。

他还是个作家，尽管只是没名气的作家。

心中又增添一份好感。

到了晚上十一点，我正准备回房休息。他突然说："这么晚，肚子有点饿吧。要不吃点夜宵？"

这个敢情好，他不说，我还真没察觉到胃里不断发出的警报。

我舒服地坐在客厅沙发上，而他却在厨房里忙碌。隔着玻璃，只看到他模糊的伟岸身影。

几分钟后，他从厨房出来，手里端了两个盘子，上面的美食还散发着热气。

一份是甜点，一份是小笼包，都是我的最爱。

我还有些迟疑。毕竟只是和他初次见面，他会不会？

"你担心我在里面下药，然后趁机劫色？"他一脸坏笑。一手抄起一块蛋糕，直接塞进嘴巴。这下放心了吧。

我这才撕下淑女的伪装，把吃货本色展露无遗。还没等他缓过神来，盘子上的甜点和小笼包几乎一扫而空。

你好厉害，真能吃？更让我佩服的是，这么吃，身材还这么好。

这话中听，哪个美女不喜欢听别人夸她身材好？

躺倒绵软的大床上，这一夜多么美好，连梦里也都是大晴天。

## 3

工作不好找，招聘会现场人山人海，简历递出去没多久，就被某些无良HR扔进垃圾桶。现实就是这么残酷，根本没人会同情你是弱女子。

“我帮你想想办法吧。”他听完我的难处，不假思索地说。

一个星期后，他很高兴地说，朋友所在的外企需要招一批行政助理，你愿不愿意去？

愿意，当然愿意。那家公司的名字如雷贯耳，我这个黄毛丫头，他们会要吗？

你长得又不赖，别人凭什么不要你？再说还有我朋友呢。看来，他对我的颜值很有自信。

面试出奇的顺利，感觉就像和长者聊天，不感觉紧张。最后，坐在中间的那位面试官伸出双手说：“恭喜你，已经被本公司录用。”

就这么简单？这面试也忒容易了。

后来，才知道他“做了手脚”。为了我，他不惜赔上老脸，多次恳求朋友一定要帮忙。好在是他哥们兄弟，一切都顺理成章。

为了谢他，专门请他下馆子。那天，我们聊人生、谈理想，感觉就像两个不谙世事、未出校门的大学生。社会让人变得复杂，可就在这一刻，我们重新回到单纯。

他真的很有魅力，能让我放下对男人的仇恨和偏见，重新以最好状态，投入新的情感生活中。

去他家的次数越来越多，他说，干脆你搬过来住得了。此话正合我意，我就等着这一刻。

这孤男寡女，待在一起还不出点事？不过，他很有分寸，总能很好地克制内心的欲望。把大床让给我，他只在地上打了个铺。我很心疼他，让他到床上来睡。

你就不怕我占你便宜？他继续使出那标志性的坏笑。

不怕，真要那样，我也愿意。这话让他脸红红的，看样子他也没做好心理准备。

为了我，他特意买了砂锅，说要煲汤给我喝。在他老家，煲汤是家家户户桌上常见的美食。每天，他除了写作，就是为我准备这颇费功夫的煲汤。工作很累，只要回家闻到汤的香味，这点疲劳不算什么。

整整半年，我们就这么甜蜜幸福地生活在一起。当然，我刁蛮的小性子总会找机会施展一下。他的忍耐力很强，哪怕再刺耳的话，他都不会有反驳。

每天晚上，喝着汤、尝着他亲手烹制的私房菜，感觉自己是天底下最幸福的女人。

## 4

有一天，他突然对我说，最近灵感没了，写出来的东西很不满意。

我宽慰他，写不出来没关系，不差那一点稿费。

他突然很凶地说，你懂什么？我写作是为了钱吗？要是为了钱，我完全可以做其他事，犯得上这么辛苦地写文章吗？

从来没见过他发火，原来他也有脾气。我的话，无意间触碰到他的底线。我一生气，当晚就搬出去住。

估计他也后悔了，不断打电话给我。我在气头上，就是不接。

这天，他在下班路上截住我。好吧，给他个赔罪的机会，我们去了路边的茶室。

茶室内就我们两个人。嫩绿的茶叶，在茶水的浸润下，迅速恢复活力，在水中上下翻飞。

他眼睛里满是血丝，看样子这几天也没休息好。

“筱筱，我们分手好吗？”他突然蹦出这句话。

我没回答他，就这样看着他，眼神告诉他我的想法。他继续说，我内心有个声音，一直在催促我改变。很多时候，一个人选择行走，不是因为欲望，也并非诱惑，而是听到自己内心的声音。筱筱，谢谢你给了我这段比较稳定的生活。连我自己都惊讶，自己能这么长时间生活在一个地方。现在，我想离开这里，去找寻新的生活。我不愿意再拖延下去，不仅贻误自己，也会伤害投入太深的你。你能理解我吗？

我依然无法接受，极力挽留他。真闹不明白，明明是他伤害我，怎么搞得像我犯错误似的？

他就说再考虑一下吧。如果这个夜晚决定不走，那就永远不走了。

这一夜，我也没睡，相信他也辗转反侧。

第二天早上，我没去上班，而是心急火燎地赶到他家。

房门上，贴着一张纸。上面就一句话：“筱筱，我走了，勿念。”

泪水，不争气地流下来。

时间是最好的止痛剂，后来我又遇到现在的他，也就是将与我相伴一生的未婚夫。

人这一生，有很多荒凉。能有个人陪你走完一段荒凉，也很好。哪怕最终结果并不完美，也要念着他的好，记得他的善。美好都是转瞬即逝的，且行且珍惜。

此后，他经常在微信朋友圈内晒出他游历各地的照片。我总是会在第一时间，送上一颗小小的红心。

谢谢你，陪我走完这段荒凉。我会一直将这份美好珍藏在记忆里。

## 美妙的青葱时光，化作一缕云烟

坐在西行的列车上，周围略显吵闹。这是一辆慢车，站站停，连最小的站也不放过。

车上的人上上下下，手中大包小包，有的神情肃穆，有的神情欢愉，有的神情麻木。

忽然想到人生，有上车的，有下车的。很多人，注定只能陪我走一程。等到站了，他就会毫不留情地从你身边离开。

### 1

大学录取通知书到了，这个普通得不能再普通的家庭，陷入一阵小小的狂喜。通知书上的大学，是我梦寐以求的高等学府。

父亲第一次喝醉了，醉得说着胡话。我这才发现父亲的另一面，原来不善言辞的他，心中藏着那么多丰富的情感。就像冰山，只在水面上露出微小一角。

父亲执意要送我去几十里外的长途汽车站。离家那天，下着大雨，咸湿的空气略显伤感。

没错，我心里也掠过几缕忧伤。第一次离家远行，不在父母身边，说没有点感伤那是谎话。

父亲抹了抹脸上的雨水，那双满是老茧的手抚摸着我的头："然然，爸妈不在身边，照顾好自己。"

他不愿再多说什么，估计再说什么，泪水就会不争气地流下来。我上了长途车，隔着车窗，望着窗外的父亲。他身上的衣服完全被打湿，却依旧一动不动地站在那里，宛若一尊雕塑。

我的私人历史，从此翻开崭新一页。大学生活，就这样新鲜出炉。

几个小时的长途车，再加上十几个小时的火车，把我折腾得快散了架。走出火车站，顿时陷入一片迷茫。

这座陌生的城市，横亘在眼前。她异常繁华、喧嚣，节奏快得让我窒息。一条条路，像一根根血管，让这个都市正常运转着。尽管有地图，但我是个路盲。傻愣愣地站着，看着匆忙路人，脑中一片空白。

"同学，需要帮忙吗？"是男生的声音。手中大红的录取通知书，暴露了我的身份。有人帮忙，我像一个快要溺水的人，突然找到一根木头桩子，赶忙不顾一切地抓住他。

他个子很高，一米八左右，剑眉星目，鼻子很挺。穿着一件运动T恤，一条黑色长裤，脚上一双时尚的运动鞋。

再看自己这身行头，那么寒酸。不过，他笑得很温暖，暖得可以驱散任何心中的严寒。这让我产生一种怪怪的感觉。不过我相信，任何见到他的女孩子，都会有这种感觉。

他一把接过我手中的大包小包，没让我拎一点东西。他叫何东伟，很自然地叫他伟哥，他有些不好意思。后来才知道，伟哥是那种玩意儿，难怪他会不好意思。一路上，他向我介绍着这所学校的情况，我则不断向他打听大学生活究竟是什么模样。

办完入学手续，他又把我的行李拎到宿舍楼下。要不是宿管阿姨阻拦，他一定会帮我把所有事都安顿好。

体贴，会关心人，这是他给我的第一印象。

他给了我他的手机号码。我还没有手机，当然不能投桃报李。

## 2

他果然陪我去买手机，尽管只是很老式的手机，功能没几个。他手把手地教我如何使用。

我要把钱给他，他说这个手机就送我了。我很倔强，硬要把钱给他。他说等以后有钱再还他。

社团招新开始了，我顺理成章地加入他的社团。他是社长，一切都被打理得井井有条。在他手下办事，很安心，不必担心会发生什么情况。他帮你都想好了，不需要再多操心。

我很希望他说出那句话，但他始终没开这个口。怎么在这件事上，他这么犹豫不决？不过也没关系，反正能经常看到他，事实上已经是那样。那只是一句话，也没那么重要。

一年一度的社团节到了，我陷入昏天黑地的排练中。每次排练间歇，都能喝到一杯甜甜的奶茶，还带着温热。他看着我喝，脸上的笑容恰到好处。

排练完毕，他都会送我到宿舍，一路上紧紧握着我的手。那时是寒冬腊月，风紧紧地刮，很刺骨。我却感觉不到一点冷，他的手心很温暖。

真想时间能定格，定格在那一个个风雪中的夜晚。

表演出奇的顺利，我们社团摘得社团节的桂冠。他大手一挥，下馆子。我很犹豫，因为聚餐是AA制。本来手头就拮据，只好撒谎说还有事。他看出我的心思。没事，你那份我出。你不来，多没意思。

那天大家都喝多了。在周围人“在一起”的起哄声中，他突然抱住我，嘴里不住地说着“我爱你”。一直期盼的这句话终于到来，却没有等待时那么高兴。其实已经在一起，又何必纠结于这句话？

他问我，之前谈过恋爱吗？我羞涩地说，谈过，也可以说没谈过。他很在意，让我详细说说。

其实，那也不算谈恋爱。

那时，年纪还小，一切还在懵懵懂懂。阿丁是邻家的孩子，从小我们就在一起玩。和他在一起的时光，也是那么快乐。他总会有很多金点子，恶作剧是一出又一出。跟在他后面，干过很多出格的事，比如偷挖别人菜田里的嫩芽；拆掉别人搭的架子；把果树上长熟的果子用弹弓打落下来。有时，会被别人抓个正着。这时，都是他顶着，把所有责任揽到怀里。回家后，他免不了被一顿暴打。看到他受伤，很心疼，说以后就消停一点吧。他说哪能这样呢？只要提高水平，别人就发现不了。好吧，我继续充当他的“同伙”。

初中毕业，他没有考上高中。他和家里的亲戚外出打工。那也是个雨天，不过是蒙蒙细雨。我们都没说什么，毕竟对离别没有深刻的体会。他走了，这段童年记忆随着他的离开，彻底被带走。

你和他真没了联系？他依旧谨慎地问着。

真没了，都几年没联系了。

他这么问，我没有生气，因为他很在意我，所以才会反复追问。

## 3

寒假，我没有回家。不能再劳累父母，他们辛劳一辈子，供我到大学不容易。我找了几份兼职，想用这个假期挣到后面的学费。

可我把事想简单了，散发传单、餐馆服务员也不是那么好干的。要做好充分的心理准备，忍受别人的冷言冷语、鄙夷的眼神。一天忙下来，累得骨头散架，倒在床上就睡着了。

幸好还有他。

他也没有回家，和我并肩战斗。送走最后一位顾客，他自己掏钱买了一份快餐，傻傻地看我吃。

“吃慢点，再这样猛吃，当心变成肥婆。”

“你瞎说什么，活腻味了是吗？”狠狠拧了他耳朵一下，他痛得嗷嗷直叫。

父母得知我不能回家过年，带着点失望。他们除了嘱咐我注意冷热，也不知该说什么。恰巧看到公交车上播放一则公益广告：两位老人，独守着空房，身边没有子女陪伴，显得孤苦伶仃。心中一酸：父母岁数也不小，陪他们的时间一点点减少。大过年的，还不能回去，有点对不住他们。但挣钱付学费也是大事，真是进退两难啊！

寒假在内疚和纠结中度过。新学期到了，我渐渐淡忘这些。

后面两年多时光，几乎没有什么波折。我和他在爱的道路上，如胶似漆地走着，顾不得看周围的风景。吃饭、看电影、说着情话，普通情侣的桥段在我们身上上演。

转眼就到了大三，而他来到毕业季。很担心我们像一般校园恋情那样，在黯然中分手。他却没有，依旧爱着我。

只是有些事情，有点不同寻常。有时他接电话很紧张，似乎怕我听到什么，躲到角落里和对方通话。问他是谁打来的，他也支支吾吾，说不出所以然。

每个人都有难言之隐，贸然去触碰那些禁地，反而会引起他的反感。好吧，就给他保留一片心灵净土，让他在这片净土里安顿灵魂。

室友听完我的讲述，直说我傻。男人这种生物，就是贱，你不好好去修理，他的花心就会发芽，就会根茎四处漫溢。到那时，你想斩断他的杂念，恐怕也来不及了。

有那么严重吗？我们有三年感情基础，他怎么会爱上其他人？

看来，我真是陷入恋爱白痴期。在我眼里，他就是没有任何缺点和瑕疵的男神。他的任何举动，都被我看成是合理的。

直到那次电话，我才从爱的狂热中清醒过来。

我们坐在咖啡馆内，他似乎显得有些心不在焉。不咸不淡地聊着，他说要去一下洗手间。这时，放在桌上的手机响了。我本不想去接，但铃声一次次催促我。“喂，你怎么才接电话？”话筒里是个嗲嗲的女声。

我的心理防线，在此刻瞬间坍塌。

“你怎么不说话，人家都等你很长时间了。”

我挂断电话，狠狠地往地上一摔。

他回来了，看到地上横躺着的手机。“然然，你误会了。她只是我的高中同学。这几天，她刚从国外回来。”

“你不要说了。都怪我傻，傻到什么都相信。我的感情，不允许别人来均分。”我摘下手中的挂件，用力扔在地上。

那是他在生日时送给我的，此时只要和他有关联的东西，都是让我伤心的源泉。

我去了一家酒吧，要了很多鸡尾酒。这是我有生以来最严重的一次酗酒，酒精顺着消化道，热辣辣滚进胃中。

身体开始变轻，歇斯底里的音乐声也在渐渐消失。周围开始变得安静，化作一片没人来过的处女地。在这片土地上，有白色的花、粉色的花、黄色的花、紫色的花，还有一片片地毯似的草坪。我甩掉鞋子，光脚走在上面，好松软、好舒畅。又回到童年，身边还有父母，他们张开双臂，迎接我的归来。天空变成淡黄色，阳光也不那么刺眼。一阵阵微风，撩拨着我的发梢……

我醒了，躺在医院病床上。手上插着吊针，此刻正在输液。头有些沉，有点痛，好像被什么重物锤击过。他就坐在病床旁，眼圈红红的。我已经昏迷一天了，是他在接到室友电话后，把我送进的医院。

我依旧不能原谅他，把头转过去，不愿多看他一眼。他知道我在赌气，把我喜欢吃的东西放在床头旁，默默地离开。

用这点东西就想收买我？没门。不过，我还不能死。为了你这个人渣，我死掉岂不可惜？父母还需要我去孝顺，未来还有很多精彩等我去体验，凭什么要英年早逝？我要吃东西，好好活下去，不辜负父母，也不辜负自己。

## 4

我康复得很快，一个多星期就出院了。他毕业那天，我见到那个女生。果然是倾国倾城、校花级的美女。和她相比，我确实相形见绌。面对情敌，我没有一点愠怒。或许，我已经放下，彻底放下这段感情。他不是我碗里的菜，为什么要死皮赖脸地拖住他。

我们三个人来到此前我们两人常去的咖啡馆，还是那个熟悉的座位。女孩名叫茜茜，比他还大两岁，刚在英国读完工商管理硕士。她已经找到一份高级白领的工作，每月底薪就有2万元，还有不菲的奖金和年终奖。这世界不缺美女，也不缺白骨精，稀缺的是这两者的合体。这个女孩将两者合于一身，难怪他会动心。

他不断说着对不起，我很淡然地说没什么，这是你的自由。他似乎如释重负，仿佛积压在心中的那块大石头，瞬间落地。

我从包里掏出一大堆东西，说要还给他，那时我们相识三年，所有他送给我的东西。他不肯要，说给我留做纪念。这段时光，是他最美好的时光，也希望我能记住它。我说，还有记住的必要吗？既然放下，就彻底放下，不要再依附在某个物体上，那样只会勾起忧伤。他知道我的脾气，默默地收下。

没过多久，他就离开这座城市，从我的视野中彻底消息。我删掉了他所有的信息，手机号、QQ号、邮件。是该给记忆做个碎片整理，把不需要的东西扔进回收站。

大四那年"兵荒马乱"，论文、跑招聘会、在网上海投简历，每天时间都排得满满的。总算找到一份满意的工作，在去单位报到前，我要回次家。几年没回家，不知父母怎么样了。

我踏上西行的列车，脑中憧憬着家乡的情景。

走进村子的那一刻，夕阳将西边的天空染成红色。家家户户开始烧火做饭，缕缕炊烟升起。看着这景象，突然想起那段美妙的青葱时光。但青春，终究是短暂的，还没好好感受，就像这缕云烟，从我身边悄悄溜走。

不过，我不悔，这就是青春，每个人都要经历。

## 在错的时间，遇到对的你

那时，我们都还年轻，刚刚褪去无知的外壳，开始对爱有懵懂的认识。就在这个节骨眼，你横在路口，一把截住风风火火的我。

### 1

大学校园，充满诱惑。我不能免俗，整日闲不住。为学校几个社团，殚精竭虑，每天日程被塞得满满的。总觉得时间不够用，老走在赶场子的路上。

一学期的光阴，很快被琐事掏空。只能先把心思收一收。期末考试来了，和年关差不多。我开始装模作样去图书馆自习。无奈欠债太多，长期积压的知识点，不可能在短时间内消化。

很想大吼几声，但这里是图书馆，这么做，非得被工作人员提溜出去。

抬头看看周围景致吧，脑子会清醒一些。

这一看，不要紧，他硬生生闯进我的世界。

他长得太帅了，剑眉星目，还带着点忧郁气质，和我喜欢的电影明星是同一个类型。就是他，他就是我盘里的菜。双腿，不由自主朝他的方向迈去。眼睛，直溜溜看着他。男神，你不要走，我现在就把自己送过去。

真是花痴一个，但谁的青春里，没经历过这样的悸动？少了这份冲动，青春画卷将是寂寥和苍白的。

他无辜地看着我。我像只饿了几天的豹子，紧盯猎物不放。他终于缴械投降，答应从普通朋友做起。这是我的初恋，开天辟地，一定要轰轰烈烈、刻骨铭心。

## 2

我们开始约会、交往，彼此敞开自己的世界。他是个学霸，家里的荣誉证书贴满一墙壁。才读了半学年，就有论文在国家级核心学术期刊上发表。按他的说法，国家级、学校级奖学金，要来个大包圆。在他悉心辅导下，我总算在期末考试中躲过一劫。本人一激动，请他下馆子。尽管只是大碗面，浇头是辣酱和荷包蛋，他也吃得津津有味。

吃面中，聊到他身世。他父亲死得早，母亲独自一人将他带大。他还有个姐姐，原本成绩也很优秀。但家里条件摆在那里，供两个大学生，不现实。姐姐去一个陌生城市打工，随后结婚、生子。

从姐姐离开时决然的眼神中，他读出肩上的责任。“一切都要做到最好。哪怕站着死，也不要跪着生。”这则人生座右铭，工整地书写在纸上，压在写字台的玻璃下。这张写字台，也是好心人送的。他就在这张边角磨损严重的写字台上，一步步实现他的梦想。

听完他的讲述，我泪流满面。太感人了！他身上的责任感，像颗子弹精准地命中我。

课堂和图书馆见证着甜蜜。我为他占好位子，静候他出现。他走路很慢，但样子很迷人。见面后，冲我淡淡打声招呼，随后埋首书间。我当然也会看书，不过每看完一段，都会抬头看看他。见他还坐在我对面，心里踏实不少。

有时候，图书馆内抢不到位子，只好去通宵教室自习。遇到寒冬腊月，可苦了寒凉体质的我。可能大多数女生都这样，到了冬季，就会手脚冰凉。在位子上坐久了，脚冻得像根冰棍。我不停搓手，但总不能搓脚吧，那样多不雅观。他看到我的异样，弯下腰解我的鞋带。

他要干什么？脱了我的鞋，又脱掉我的袜子。我的玉足，就这样展露在他面前。他那双温暖的大手，触碰到我冰冷的脚面。一股电流，直接闯进心房。好暖和。寒冷，我完全忘记了。

“她好幸福。”周围同在自习的女生，不由自主地发出感叹。

“哎，想要这么幸福，去找男朋友吧。”身旁闺蜜的话，一下子让说话者掉进冰窟。

他的时间很宝贵，不能总让他攥着我的脚。准备把脚抽回去，他却不放。泪水，瞬间飙出。

我们学校的伙食，在市内高校中还算不错。他却一直吃得很节约，常常是两个白馒头，外加一点免费的咸菜。偶尔，会沾点其他素菜和荤腥。

他对自己如此刻薄，我于心不忍。还在长身体阶段，吃这么点怎么行？我总是多买一点菜，这样就能吃剩下来。直接给他买饭菜，会伤他的自尊，所以我只好“曲线救国”。在他老家那里，饭菜是绝对不允许浪费的。这样，他会接纳这些食物，不必背上心理负担。

## 3

室友们惊诧于我的变化。以前那个疯丫头，跑哪儿去了？百般追问下，说出实情。你们这哪是在谈恋爱？室友们瞪大眼睛看着我。怎么不是？只要两颗心贴在一起，管他什么方式？这是恋爱的最高境界——柏拉图之恋。你们这些俗人，就好好修炼吧。不和你们多聊了，我要去约会了。

他显得很高兴，手中是打工挣来的钱。这次，是他做东，请我去路边烧烤摊吃羊肉串。两元一串，我一口气吃了20串。他苦着脸说，你够狠！一口气吃掉我一节课的课时费。

我白了他一眼，不宰你宰谁？

回到寝室，肚子就开始不消停了。这个晚上，我去了二十多次厕所。直到去学校医务室输了液，腹泻才稍微好点。

他也坏肚子了。不过因为吃得少，症状稍微轻点。

输液室，他陪在我身边，连声说着对不起。

我说，没什么，就是和你一起坏肚子，也是幸福的事。

没想到，父母知道了我们俩的事。母亲刻薄地说，他是个穷小子，家里穷得一塌糊涂，你跟他在一起，能有什么好日子过？父亲也说，女儿，爸爸不想让你结婚后受苦。你放心，爸爸认识很多有身份的人，还愁找不到金龟婿吗？

他们的话，我完全听不进去。这次谈话，不欢而散。

父母怕夜长梦多，硬塞给我一个官二代，逼着我去和他见面。抗争无效，只好违心地去相亲。

路上，他还打来电话，说晚上图书馆见。只好撒谎，说家里有事。他发了一个很囧的图像，聊以自慰。

我故意没有打扮自己，想这样把对方吓退，也好给父母一个交代。不料对方说喜欢素颜的女子，死缠烂打问我要电话号码。只好瞎编了一个号码，蒙混过关。

回家后，说了官二代一通坏话，反正目标只有一个，就是我与他八字不合、性格不合，不可能在一起。

母亲咧着嘴说，别这么早下结论。你看人家条件多好。两个人谈恋爱，是谈出来。你们年轻人总是想一见钟情，生活中哪有这么多一见钟情？都是小说里瞎编出来的。听妈的，继续和他交往下去。

这次，我不能再退缩，态度骤然强硬。父母服软了，没有再逼我。

那个官二代却打听到我的手机号码，不停打来骚扰电话。有一次，他竟然在上课路上截住我。看来，要和他摊牌。再犹豫，只会越来越被动。

那天在咖啡馆里，我把所有绝情的话说了一遍，终于把这个讨厌鬼赶走。

可是，我却没料到旁边那双眼睛。

听说他有机会去国外做交流学习，很想为他庆祝一番。转念一想，很快不高兴了。他要走了，不能再每天见到他、听到他的声音，这太折磨我的神经了。

忽然发现，对他是那么依赖。国外还是个万花筒，难保他不会产生什么心理变化。要是再遇到一个可人的姑娘，我该怎么办？

一定要和他说清楚，不要让他在异乡有什么非分之想。可是，他却首先来了个兴师问罪。

你和那个男的是什么关系？你们是不是交往了很长时间？没看出，你外表上傻乎乎的，肚子里有这么多花花肠子？都怪我瞎了眼，还以为你很单纯？这世道，哪还有单纯姑娘？我真傻，傻得不可理喻。

原来，那天他正好路过咖啡馆，正巧看到我和官二代坐在一起。他并没有过多停留，带着一颗破碎的心离开。

我说那是父母逼我的，那天在咖啡馆，就是和那个男生一刀两断。他不信，眼神里全是怀疑。就是浑身长满嘴，也无法打消他的疑虑。

我火气也被调上来了。恋人间连最基本的信任都没有，还有必要继续在一起吗？我提出了分手。

分就分，他头也不回地走了。

窗外响了一阵闷雷，就是憋着不下雨。我宁愿来一场瓢泼大雨，洗刷内心的忧伤。

此后就没了联系，只是在QQ空间里看他的动态。心还是不死的，总希望和他重归于好。但妥协的，应该是他。他拉不下这个面子，我还有必要把热面孔伸过去吗？

就这样，他走了，去了那个遥远的国度。从此，我们成了两条平行线，似乎再也没有交点。

## 4

此后，又经历了几段情感，再也没有和他在一起时的感觉。我的终身大事，成为父母心中的疙瘩。或许他心里还有我。他是我的菜，不会这么溜掉。

他回来了。第一时间给我打了电话，心里瞬间燃起希望。那是在一家新装修的咖啡馆，咖啡的幽香，昏黄的灯光，柔和的轻音乐，渲染着迷人的氛围。他坐在我对面，岁月没有把他变得沧桑，反而多了份男性的成熟。

他的左手中指上，多了一枚戒指。我彻底蔫了。

他开始怀念我们在一起的时光，随后聊到他的妻子。那是一个很完美的女人，一定会是很好的贤内助，可以让他安心地在外面攻城略地。我只能祝福他，默默看着他离开。

人生有太多岔路口，你选择向东，我选择向西。背对着背，昂首挺胸向前走着。等回过神来，转头望去，你已变成一个黑点。

我累了，决定独自静一会儿。再开始下一段情感前，我要把所有记忆都清空。

可又怎么清理得干净？有些东西，一旦刻进记忆，就再也无法抹去，如同中了电脑病毒一般。

这是我的初恋，一段持续四年的初恋。我该用多少时间，来稀释失恋的痛苦。

遇到你是对的，只是遇到的时间错了。要是再晚上几年，你就是我的Mr.Right。

还抱怨什么呢？一切都已结束，就让我轻轻弹上一曲，为这死去的爱情低吟清唱。冷漠地目送你离开，同时带走那段湿润的岁月。

# 换上合脚的鞋，我的人生才能春暖花开

她是我的高中同学，充满孩子气的笑容就是她的招牌式表情。

高考后，我们一个帝都，一个魔都，渐渐少了联系。

然而在《妈妈咪呀》的舞台上，这个曾让我暗恋的女生又一次出现了。

她曾身陷“婚姻滑铁卢”，好在及时换上合脚的鞋，不仅迎来事业成功，还重新收获甜蜜爱情。

## 1

24岁，前不着村后不着店的年纪。刚刚褪去学生时代的青涩，暂时还无须纠结是否会成为剩女。不过，她已经有了相好的。

男友是她的大学同学，没有像大多数校园情侣那般，毕业即分手。工作后，他们各忙各的，为事业和未来打拼。她在北京买了一套60平方米的小两室一厅。尽管屋子不大，但她是一个很看重生活品质的女生。整个装修过程，她希望由自己来主导，男友乐得把“烫手山芋”扔给她。

她对整个装修过程进行“现场直播”，每天都会在网上发帖，分享装修经过。仅仅过了一周，这个实用分享贴就攒到几百万的点击量。

一年后，她受邀登上《鲁豫有约》栏目，网络粉丝数量飙升，一跃成为“网红”。这次“网红”经历，让她不再“安分”，决心改变普通的自己。她每天过得“很鸡血”，经常加班到半夜，工作职位不断提升。

相比事业成功，婚姻上她却遭遇“滑铁卢”。或许丈夫不喜欢她在外面抛头露面，两人的隔阂越来越深。2011年3月，她重新回归“单身生活”。

离婚后的她，每日以泪洗面。她原本滴酒不沾，却在此期间每晚喝几大口白酒，喝得醉醺醺时倒头就睡。仅仅几天，她就蓬头垢面，人也瘦了一大圈。

在闺蜜反复劝说下，她才走出家门，到商场肆意“血拼”。手中大包小包，让空虚的内心得到满足。这双3000多元的皮鞋，也是“血拼”的战利品。当时，她不管这双鞋合不合脚，看着顺眼直接刷卡买单。直到穿在脚上，才觉得这双鞋硌脚。去商场退货，正好适合的尺码断货，退货更是不可能。

一天穿下来，看着伤痕累累的脚，想到了一句话：因为婚姻如鞋，合不合脚只有自己知道。不合适既伤害了别人，也伤害了自己。

2012年2月，她去了一次意大利。在PRADA专卖店，她看中一双长筒靴，34码，款式漂亮，试穿后很合脚。一看价格，才100欧元。她果断买下这双鞋。这是上天专门为自己准备的鞋子，或许穿上它，就会迎来新的幸福。

回国后，她继续在成都漂泊。这天开着奔驰去公司的路上，有位朋友打电话问她的闺蜜有没有男友？如果没有，就给那位女生介绍一位。

换作以前，她可能不当回事。相亲这种方式，在她眼里效率低、太老土，每次有人让她去见男生，她总是拒绝。那天她却随口说："我也没有男朋友，要不你也给我介绍一个？"对方很乐意地说："好啊！我帮你留心。"

到公司后，她就有些后悔：相亲能遇到靠谱的男生吗？网上有人讲述相亲经历，各种奇葩男不胜枚举。

正当她准备想办法婉拒时，闺蜜的电话来了："倩倩，帮你物色了一位。工资收入不算很高，却是个才子，据说当年高考时是文科状元。""嘉嘉，我和他不合适。""怎么不合适？男才配女貌，你不要贬低自己。"

## 2

这个男生是一家央企的员工。两人头一次见面地点，选在市中心一家茶餐厅。这家餐厅的装修很雅致，墙上的壁画不艳、也不俗，带着文艺范儿。

刚进去，她就看到靠窗位置坐着一位戴眼镜的男生。他冲她点了点头，站起来挥手请她入座。她从头到脚打量对方，1米75的个子，阳光、帅气，给人一种安全感。随后，两人各自做了自我介绍，聊一些共同感兴趣的话题。男生看上去“老实”，嘴上功夫却不含糊，谈话中不时甩出一些幽默段子，笑得她面部都僵了。

她低头瞥了一眼那双从意大利买来的长筒靴，看来是这双鞋子带来的幸运。

这次见面后，两人还未正式确立恋爱关系。她工作很忙，体内“负能量”不断堆积，需要找人宣泄。那些闺蜜，秀恩爱、照顾襁褓中的婴儿都来不及，根本没时间听她“磨叽”。

只有他，总是会在情绪最低落的时候出现。等她讲完后，他总是说：“多大点事呢！你身后还有我呢。”这句充满责任担当的话语，总让她很感动。

认识半个多月后，她决定让男生在自己的朋友圈中亮相。那次聚会，她玩得很疯。就在这时，她看到男生取出一张餐巾纸，弯腰为她擦鞋。

擦完后，还不忘调侃：“让我说你什么好呢？脚上沾了这么大一块奶油，还像孩子一样疯玩。”此前，从未有男生为她擦过鞋。回家路上，她脑海里胡思乱想：上天对我真好，派这位“暖男”来“拯救”我。正所谓“天予弗取，反受其咎”。再不懂得珍惜，实在说不过去。她觉得想要的幸福终于等到了，决定向男生敞开心扉。

“李勇，你我都有过失败的婚姻。社会上有很多人再婚，结果都不怎么好，你觉得我们会幸福吗？”回到家没多久，她就拨通李勇的手机。

“怎么会不幸福呢？幸福是靠人来创造的，需要双方努力经营。至于那些不幸福的再婚家庭，问题主要出在当事人身上，和再婚关系不大。相反，经历过婚姻失败，更应该懂得珍惜眼前生活，更能体谅对方，这是婚姻牢固的基础。”

她又问：“那你认为幸福的婚姻中，夫妻双方的角色定位应该怎样？如果某个家庭是女主外，男主内，你觉得行吗？”

李勇想了一会儿说：“传统观念中是‘男主外、女主内’，但如果发生你说的那种情况，我也能接受。毕竟不论是主外、还是主内，都是为了这个家在操劳、在奔波，只是分工不同而已。我觉得夫妻双方要多沟通、多包容，这样矛盾才会消灭在萌芽状态。”两人这次通话，一直持续到半夜三点多，在很多问题上达成共识。

2012年6月，她想和李勇一起去云南大理，出发前几天，李勇突然接到出差任务。没办法，她只好找来姐姐同行。

洱海边风景如画，真是一个颐养性情的圣地。要是能在这里开客栈，生意肯定会不错。姐姐赶忙泼冷水：“倩倩，现在餐饮住宿业不景气，很多酒店都在赔钱，你不要冲动。”

赔钱怎么样？大不了从头再来。

那几天，她挨家挨户去敲门，了解在这里租地多少钱、开店多少钱。做了一番前期调查，她和只是恋人关系的李勇摊牌：“老公，我想在大理洱海边开一家客栈。”

“行啊！说吧，需要我什么帮助。”

“没什么，我能行，只是资金有点紧张。”

“哦，我知道了。”李勇听后没再多说什么。

一个多月后，李勇像变戏法一般，将一张50万元存折递给她。

后来，通过李勇的大学同学，才得知他为了筹钱，把房子抵押出去，还把定期、活期储蓄都取出来。

她流着泪对李勇说：“老公，要不以后客栈办起来，也把你的名字写上去。”

李勇摆摆手说：“不需要，真的不需要。我没有特别远大的志向，只要你喜欢做的事，我会全力以赴地支持。反正我有一份工作，还可以养活你。我不想等到你老了以后，因为年轻时的犹豫而后悔。”

李勇在产权上“不要名分”，不仅让陆倩倩感动，更多了一份敬意。当时两人还未结婚，从法律上说还不是夫妻关系。要是自己拿钱跑了，他没有地方可以去评理。但李勇就是这么信任她，甚至没有任何“底线”。

这么好的男人，天底下哪儿去找？赶紧把自己嫁了吧。2012年9月，陆倩倩再次步入婚姻殿堂。

## 3

2012年10月，她和李勇放弃蜜月旅行，来到大理考察开客栈的场地。他们走了十多个地方，每个地方都有瑕疵。直至来到最后一处靠山的空地，才没让这次考察白跑一趟。

正当他们准备返程时，突然天降大雨。由于只带一把伞，陆倩倩挽着李勇的胳膊往前走。脚上的鞋子却“散了架子”，李勇对她说：“我背你吧。天气很凉，光脚走路会受风寒的。”

李勇一把背起她，深一脚浅一脚地往前走。她刻意把伞往李勇这边倾斜，即便如此，两人身上都湿透了。回到宾馆，她就有些发烧。李勇送她去医院，一直陪在她身边。身体稍微好一点，两人又在为办理租借、盖楼等各种手续忙碌。

拿到满是图章的批文，客栈开始破土动工。落成之后，接下来就是颇费心思的装修环节。她以前就很喜欢装修，想把这个客栈弄得漂亮、温馨。她问李勇："老公，客栈装修你有什么建议？"李勇默然地看着她说："倩倩，我对装修的事一窍不通啊！"她故意奚落："哎，人家老公在装修上都很花心思，你倒好，直接当起甩手掌柜。"李勇傻笑着说："我在装修问题上给不出建议，不过我可以做你的'后勤保障'。你不是就因装修成为网红的吗？重操旧业不是好事吗？"

这家伙真是"才子"，她在言辞上根本占不到便宜，只好闷头搞设计。不过，她本来就喜欢装修，李勇的话确实戳中"痛点"。

客栈的家具都是她从家具厂定做的，市面上根本买不到。至于走廊、楼梯、客房内墙壁上的每幅画，她也动了不少脑筋。就是最不起眼的抽纸巾，她也没有疏忽。她的时间都泡在各种专业网站，常常忙碌到凌晨三四点。李勇没有食言，亲手为她熬制人参汤，在她打哈欠的时候端上来。

他给这个客栈起了一个好听的名字——"幽兰"，希望这家客栈像一朵绽放在洱海边的兰花。仿照几年前的做法，她在微博上对装修过程"实况转播"，传授装修心得，赢得不少粉丝点赞。

2014年1月，"幽兰"正式开门营业。眼看生意越来越好，却发生了意外。那天半夜，她还在办公室忙碌，忽然闻到一股恶臭。时间一点点过去，臭味不仅没有消散，反而越来越浓。

她赶忙让员工去查看，究竟问题出在哪里。员工巡视一圈后告诉她："是客栈的下水道被砸坏，屎尿洒了一地。"为今之计，只有赶紧取证，为报案做好准备。她强忍难闻的异味，在满地屎尿中拍照。

回到卧室，她难掩心中失落：这段时间，她为这家客栈付出这么多，谁曾想竟遭他人嫉恨。李勇发现她的异样，抚摸着她的头发："老婆，多大点事呢！有我在，再大的坎也会跨过去。"她瞬间满血复活。和以前一样，每次"鸡血"快用完时，李勇都能替她补充到"满格"。她不害怕失败，不管怎么样，她还有一个爱她的老公。

那个搞破坏的同行，在不久后得到应有的惩处。机遇再次降临，有人想把"幽兰"附近的一块地租下来，作为客栈的另一处客房。所产生的收益，按照协议规定进行分配。她觉得这个想法不错，为此跑了很多手续，还支付了两万元定金。经过多方沟通，手续基本上办下来，只要一个月后再交120多万元的租金，这块土地就能纳入"幽兰"的势力范围。

就在交租金前两天晚上，这位朋友突然提出终止投资，原因是老婆不同意。好在对方做事还算上路，赔偿她在这段时间的所有开销，包括那两万元定金。

她还是想把这块地租下来，可是这么短时间，上哪里去找这么多钱。李勇自信满满地说："老婆，不用担心，我有几个有钱的哥们。只要把未来的发展前景告诉他们，他们一定会投资的。"

第二天一早，她无意间听到李勇为了筹资，将留给父母养老的开放式基金赎回。剩余的资金缺口，通过年息20%的高利贷筹集到。"幽兰"二期破土动工，她把"幽兰"一期的营业收入都投进去，前后共投入差不多1500万元。

她感动地对李勇说："老公，为了我，你把妈都得罪了，对不起。""说这个干什么，见外了不是？我妈讲理，不会怪你的。现在一切都好了，过去的事就不要再提了。"

## 4

自从2012年与李勇结婚后，她一直希望怀上孩子，却始终未能如愿。伴随事业蒸蒸日上，她和丈夫迎来“爱情的结晶”。此后半年间，她安心在家养胎。2014年10月儿子降生，“幽兰”二期也开门营业。她变得更忙了，但再忙也要抽空陪孩子和老公，因为这是她在外奋斗的动力源泉。

2016年初，一位朋友推荐她去参加《妈妈咪呀》节目。她有过犹豫，自己还能在舞台上挥洒自如吗？“老婆，你行的！”李勇的鼓励，让她鼓起勇气向组委会递交简历。

海选和复选都很顺利，她接到节目录制的邀请。正式上台那天，她得了重感冒，一直在咳嗽。为了保护好嗓子，喝了一整瓶止咳糖浆。李勇还在网上找来一些土方子，鞍前马后地伺候。

“啪！”聚光灯瞬间打在她的身上，照得她有些睁不开眼。面对台下满满的观众，她手心全是汗。忽然，她想到上台前老公竖起的大拇指，还有自己可爱的儿子。不能让这些爱我的人失望。既然来到台上，那就把最真实的自己展示出来。

音乐声响起，她完全沉浸在歌曲演绎中。这首《柠檬树》，似乎是为她和老公唱的。这些年的经历，都融化在充满诗情画意的歌词中。

音乐声渐行渐远，她松了口气，露出招牌式的、惹人喜爱的笑容。此后，她开始讲述自己和老公的恋爱婚姻经历。一向咄咄逼人的金星，没有在听完她讲述后“毒舌”，而是很温柔地说：“你真是一个特别热爱生活的姑娘。和你一样，我也喜欢折腾。如果折腾在点上干吗不折腾，我身边的朋友都和我说‘你不折腾，就不是金星了’。”

走下《妈妈咪呀》的舞台，她继续那种充满活力的生活。有李勇陪伴，一切艰难都不是问题。2016年，她希望再生一个孩子，最好是女儿，凑成一个“好”字。她还在考察合适的地方，决定是否开“幽兰”的分店。

和李勇在一起的时光，她觉得与以前完全不一样。她性子比较急，有点小孩子气，然而李勇却不与她计较这些。每当她准备“爆发小宇宙”时，丈夫都让着她，等她火气消了再好好说。当需要支持时，李勇会100%全力以赴；而暂时不需要帮助时，他也不会强行闯入她的“生活空间”。

那双从意大利买来的长筒靴，她当作宝贝收藏起来。她相信自己的幸福都是这双鞋带来的，丈夫就像这双合脚的鞋，让她走出人生灰霾，迎来春暖花开。

## 你那么在意他，他把你当回事吗

咖啡馆靠窗的座位旁，我和两个闺蜜享受这难得的下午茶时光。

“芳芳好久没联系了，不知道她现在怎么样？”

“哎，不敢联系她。上次打电话给她，还没说一个字，她就粗暴挂断，我这是招谁惹谁了？她有气也不该朝我撒啊！”

两位闺蜜的对话，让我不禁生出无限惆怅。当年，我们寝室“四人组”亲如姐妹，更号称“生要一起生、死要一起死”。结果芳芳有了男朋友，就彻底把姐妹几个甩了。她完全不顾“单身狗”的悲催，“厚颜无耻”地“晒”她和男朋友的照片。大学毕业才一年多，芳芳就迫不及待地结婚了。不办婚礼，也没通知我们。等她度蜜月回来，才知道她已是有夫之妇。本想不接受她的宴请，但吃货本性难移，让我不争气地挪到她设宴的意式餐厅。好好宰了她一顿，心头的“怒火”稍稍平息。

# 1

曲终人散时，我问昕昕今后的打算。“没什么打算啊！我已经从公司辞职，今后做一个称职的全职主妇，好好相夫教子。”

“什么？你辞职了？那个工作可是万人艳羡，放弃太可惜了。”

昕昕振振有词地说：“工作诚可贵，发展价更高，若为爱情故，两者皆可抛。”

这丫头没救了，人家裴多菲为了自由抛头颅洒热血，你为了什么？就为了那个男人？哎，不值啊！

眼前，仿佛呈现出一幕幕惨不忍睹的场景：昕昕蓬头垢面，顾不上给自己梳妆打扮。身旁还有一个不停哭闹的孩子，吵着嚷着要吃奶。

Cut！一狠心，关闭这些虚拟场景。但愿这些只是我臆想出来的，还是祝福昕昕未来幸福。

昕昕真是被她的丈夫吃定了。恋爱阶段，就是她主动表白。这个男生很高傲，就是凭借帅得气死人的外表，让很多外貌协会的女生神魂颠倒。昕昕也不能免俗，对他死缠烂打。终于，他接受了她。她丈夫不仅帅，家里还有点钱，据说开了好几家公司。

有一天，丈夫对昕昕说：“你不要去工作了，就安心待在家里吧。我养得起你。”就这句话，把昕昕感动得直流眼泪。

“我只是一个很普通的女生，没想到能嫁给高富帅，不会是祖上积德了吧。”回家路上，我还在反复回味昕昕的话。这句话，在昕昕耳朵里是那么甜蜜，而在我听来却有些刺耳。

男人真的心甘情愿地养你？一旦他养你，肯定会对你进行束缚。这些代价，你愿意付出吗？我不想把这些问题抛给昕昕，怕她的小心脏受不了。

不过，昕昕不是那种拜金的女生，绝对不是。如果不辞职，她可以在职场上如鱼得水。她得到毕马威的offer，起薪就有一万多，各种福利待遇就能顶别人几个月的工资。工作三年后，还有机会到国外去进修。为了得到这份工作，她经过两轮笔试、三轮面试，从数以千计的应聘者中脱颖而出。当年，她就是我们这届毕业生的“传奇”。

“不要迷恋姐，姐只是一个传说。”她活在他人艳羡的目光中，活在高处不胜寒的寂寞中。

就为了她丈夫的一句话，她就把传奇的气球捏爆。她太在乎丈夫，心甘情愿地成为他的“附庸”。

请恕我直言，“附庸”这个词已经算是比较客气了。本想用另一个词汇，但考虑到她的自尊心，还是选择这个中性词。

据说，她的顶头上司专门找过她，极力提出挽留。他们不明白，这女孩这么年轻，难道愿意现在就去过“退休生活”？

昕昕是个很倔的人，只要是认定的事，九头牛都拉不回来。

很多恋爱中的女生，智商会降到零。我看不见得，不仅是在恋爱阶段，就是结了婚，她还是会继续傻下去。直到伤害这把刀砍到肉上，她才会意识到痛，意识到自己有多么傻。

## 2

昕昕的丈夫工作很忙，平时很少回家。白天周围还车水马龙，喧闹声还能舒缓孤独和寂寞。到了晚上，才是最难熬的时刻。她忍不住拨通丈夫的手机，除了听到“嘟嘟”的拨号音，其他什么也没有。

过了好一阵子，丈夫才回电：“有什么事吗？”“没……没什么……我只是……”丈夫立刻打断他：“好了，没什么事就不要给我打电话。我正和客户吃饭呢。先挂了，有事等我回家再说吧。”房间里，再次陷入死一般的沉寂。

“他会不会在外面有女人了？”我好心提醒昕昕。这世道，出轨、小三早已不是什么新闻。什么柳下惠？他真能做到坐怀不乱？

昕昕眨了眨眼睛对我说：“你不要有这么多邪念好吗？他这个人，我是了解的。一般的女人，根本不会入他的法眼。至于美女，我相信他是有免疫力的。这阶段他公司里遇到一些麻烦，我想他不会把更多心思花在那些乱七八糟的事情身上。”

好吧，既然昕昕都说到这个份上，我就不好再多嘴。胳膊肘往里拐，一家人不说两家话，我再多说什么，落下拆散人家的骂名可不值。

我不说了，昕昕却犟上了。一个月后，她特意把我约出来。起初，还以为她遇到什么不开心的事。结果，她甩给我几张纸：“我请了私人侦探，这是我丈夫这些天的行踪。看到了吧，他没有和异性接触超过半小时。”

私家侦探？昕昕不露声色就能放出大招，连这种狗仔队的招式都用上。如果被她丈夫知道，那还不吓出一身冷汗。想想背后有一双贼溜溜的眼睛，换作任何人都会不舒服的。

我放下这几张纸，彻底向她认输："昕昕，我只是好心提醒你，没必要搞得这么兴师动众。要是让你老公知道，情况就不妙了。"

"怕什么？他们是专业的。你不是说要防微杜渐吗？我这是听您老人家的教诲。我还查过他的通话记录，也没什么问题。"

昕昕太在意她丈夫了。正因为过于爱和在乎，才会做出如此出格的举动。

此后几个月，都没见到昕昕的踪影。偶尔有通话，简单说了几句就挂断。

再次见到昕昕，她明显憔悴不少。脸上似乎很久没有好好保养，苍白得如一张白纸；眼圈周围暗黑，估计有一阵子晚上没怎么睡过安稳觉；嘴唇干裂，说话声音带着嘶哑；整个人显得有气无力，似乎一阵风就能将她吹倒。

昕昕这是怎么了？才半年不见，几乎老了十岁。难道是丈夫对她实施了家暴？这个杀千刀的，枉费昕昕对他的一片痴情。

"你怎么总往这些不好的方向去想？是不是家庭剧看多了？"即使是这样，昕昕还不忘调侃我。

究竟怎么了？我拽着昕昕的手，让她说出真相。

"这几个月，我在医院里照顾婆婆。其实这段时间，我妈身体也不太好。我几乎没去我妈那里。为了这件事，爸妈还和我不高兴呢。"

## 3

为了照顾婆婆，把亲妈丢在一边？昕昕彻底疯了。婆婆终究只是婆婆，和亲妈没法比的。昕昕倒好，把亲妈丢在一边，把婆婆放在第一位。我忍不住问她："你丈夫去哪里了？怎么把他的妈扔给你照顾？更何况还有你自己的亲妈。这样的男人，还值得你去爱吗？"

"说什么呢？婆婆也是我的妈。几天前，我婆婆走了。人死为大，你就积点口德吧。"

这就更让我无语了。做儿子的，竟然在母亲临终时不陪在身边，让妻子来充当孝子，这是什么逻辑？

正当我准备用言辞鞭挞这个逆子，昕昕再次堵住我的嘴巴："好了，他又不是去外面鬼混？我丈夫家里开的公司，就是婆婆和公公白手起家闯出来的。公公走的早，所有重担都压在婆婆身上。现在她病倒了，一大摊子事情要处理。很多客户趁机撤单，还有一些竞争对手也瞅准机会趁火打劫。这是我婆婆的主意，让他去公司那边救火，这边有我照顾就成。"

这是典型的"商人嘴脸"。什么亲情？统统给金钱、利润让道。我还想再劝昕昕，只是这个痴情的女人，彻底把我的话当作耳边风："婆婆走的时候，还为当初反对我俩的婚事道歉。我这些天的辛劳，总算没白费。"

我能够想象昕昕照顾婆婆的情形。她就像一个孝顺的女儿，喂婆婆吃饭、端屎端尿，衣不解带，累了就在病床边打个瞌睡。生病的人，难免会乱发脾气。昕昕如一个韧性很好的弹簧，任凭外力怎么往下压，她也能迅速恢复原状。

因为她爱丈夫，正是这种爱，让她宁愿在婆婆面前如此卑微。

是夜，我躺在床上怎么也睡不着。朦胧中看到一个男人，手里擒着一只风筝。男人开始收线，风筝的高度缓缓降落，刚一落地，竟然幻化成人形。

我慢慢看清那张脸，是昕昕。

昕昕主动联系的次数少了，到后来只有我去联系她。周末下午，我准备出去逛街，其他闺蜜都事务缠身。刚接通昕昕的电话，就听到有人很响的说话声。“你在哪里？”

“我在我老公的公司里。”

“啪”我分明听到打耳光的声音，随后通话就中断了。

昕昕一定遇到了麻烦，我不能丢下她不管。我收起逛街的心情，忐忑不安地往昕昕丈夫的公司赶去。

刚到公司门口，就看到一大圈人围着。有人手中拉着大幅标语：“还我血汗钱！”“骗子！”好不容易拨开人群，似乎有激烈的谩骂声，我循着声音的方向，径直往总经理办公室走去。

昕昕的脸上，有被人打过的痕迹。刚才那一记耳光，就扇在这张脸上。“对不起，我老公去筹钱了，再宽限我们几天好吗？”昕昕说话的声音很卑微。

办公室内站着几个彪形大汉，其中一个脸上有一道伤疤：“没钱，当时借什么钱？今天不还钱，别怪我们不客气。”

看那人要动粗，我一把拽住他的胳膊，狠狠地一拧：“你要干什么？现在是法治社会，由不得你们乱来。”

那人被我拧得胳膊很痛，骂骂咧咧地说：“你是哪根葱？我们的事要你管？欠债还钱，天经地义。”那几个同伙，也一下子懵住了。过了半分钟才缓过神来，一股脑涌过来。

虽然我学过几年武术，到底双拳难敌四手。我和昕昕身上，都挨了不少拳脚。鲜血，汩汩地从体内冒出来，染红了身上的衣裳。就在失去知觉的那一刻，看到几个警察冲进了办公室……

那几个混混被带走了，可是昕昕丈夫的公司也被查封了……

## 4

几天后，昕昕的丈夫带着救命钱回来了。为了应对资金链断裂的危局，他只好冒险借了高利贷。没想到就在他去外地催讨货款，这些不好惹的高利贷债主却来上门找麻烦。可怜昕昕，独自一人应对这些凶神恶煞的人。就在危急时刻，她还念着丈夫，没有打电话向他求救。要不是我及时出现，估计她的性命都有危险。

让我更生气的是昕昕的丈夫竟然没有说一句感谢。昕昕啊！你快睁睁眼睛！这个男人只是把你当作工具！你那么在意她，他根本不把你当回事。

昕昕住进了医院，养了两三个月才出来。刚出院，丈夫的公司就宣告破产。整个市场的大环境不好，丈夫没心思继续经营这份父母留下来的产业。

回家后的丈夫，只知道窝在家里混吃混喝。家里早就不请保姆，所有家务都由昕昕一手操持。靠着父母留下的遗产，勉强支撑家里的生活。但坐吃山空终究不是长久之计，昕昕劝丈夫出去工作。丈夫面露狰狞地说：“我是当老板的命，让我去伺候别人，办不到。”

没办法，昕昕只好重出江湖。可是她离开职场已经有两年，只能从最底层的工作干起。她经常要加班，回家还要烧饭、做菜、洗衣服。那个丈夫，在虚拟世界中醉生梦死。到了饭点，习惯性地来到客厅。要是昕昕做饭迟了，还会遭到他呵斥。

直到这一刻，昕昕才觉得累了。这样的日子，何时才是个头？

随后，我和昕昕断了联系。无论白天黑夜，打她的电话就是不接。偶尔只能通过微信朋友圈，窥探她的生活状态。以前她喜欢素颜，穿着最朴实的衣服。到了后来，她总是浓妆艳抹，每天穿很诱惑的衣服。

估计她和丈夫离了。

剪短这段婚姻，她可是带着极其痛苦的心情。她太在乎丈夫了，甚至把自我都弄丢了，让自己变得一无所有。

女生们，如果你很在乎自己心爱的人，要问问自己，他把你当回事吗？如果答案是否定，请及时从虚幻的浪漫中警醒过来。

# 第三章　主动一点，幸福不是请客吃饭

闷骚，只会把爱情闷死
剪一段奶茶飘香的时光
你不嚷嚷，我又怎么会懂
拥抱幸福，从抛弃幻想开始
不好意思，恋爱二缺一，你捧个场吧
我和你之间，还隔着一个她

## 闷骚，只会把爱情闷死

### 1

有时候，常常怀疑自己是不是人格分裂。

笔下的文字世界中，男女主人公轰轰烈烈相爱，爱得死去活来，爱得昏天黑地。然而现实生活中，我却“武功尽废”“法力全失”。面对女孩子，都不知道该把手放在哪里。似乎不是在谈恋爱，而是在接受审讯。

或许很多情感写手，都会有文字世界和现实世界的“冰火两重天”。也许写作耗尽太多荷尔蒙，无法把渴望的场景再真实地演绎一遍。

写作是一件蓄谋已久的事。

从初中时，就疯狂迷恋文字。总有写作的冲动，其强度堪比弗洛伊德所说的“力比多”。

起初文字没有条理，散乱得像一堆稻草。写着写着，慢慢有了感觉。这时，文字成为情绪宣泄口。遇到不喜欢的老师，就把他写成杀人狂魔，抑或是色魔。

同桌的玲玲，无意间看到笔记本上密密麻麻的文字。“磊，你写得太精彩了，不要断更好吗？”“真的吗？”得到异性支持，我顿时有了动力。我的手抄本在同学间广为流传，随后又拿去投稿，一个月后接到用稿通知书。

那天，玲玲吵着嚷着要我请客。好家伙！二十元稿费，还不够她20串羊肉串。当然，她也不是混吃混喝的“白眼狼”，给我买了圣代冰淇淋，吃得我回家上吐下泻。

其实我早就知道，玲玲对我有意思。一个女生肯吃你的东西，又肯为你付出，不是那种意思还是什么？现在，我只能从隽秀的字迹中，回味和她在一起的时光。

高中老实许多，主要是学业压力过重。这所学校是重点学校中的“战斗机”，每个人都一副“苦大仇深”的样子，恨不得一口气把竞争对手全部吃掉。再去想那些叽叽歪歪的事，估计只有垫底的份儿。

说实话，高中时确实没遇到什么心仪女生。老天真残忍！给了女生智慧，就不能再奢望赐予美貌。但男人大多是外貌协会，哪怕女生再聪慧，长得不好看，估计也只能在角落里顾影自怜。

我这番话，估计会激起那些女学霸的“同仇敌忾”，但这是体内荷尔蒙的作用，怪不得男生。

高考填报志愿，满脑子都是文科。想和文字“谈一场永不分手的恋爱”。

但父母不干，死活让我报理科：“学文有什么用？公司会因为能写文章，给你发工资吗？还不如学理工科，有技术，以后有饭碗。过来人的话，你不听会后悔。”

我最怕父母用过来人的身份来压自己。中国父母就这样，哪怕听了他们的决定让你觉得难受、不自在，也只有拍手叫好的份儿。好比给了你一巴掌，还要说这一巴掌打得好。

这时候，阿Q的精神胜利法起到至关重要的作用。或许学什么专业，和谈恋爱如出一辙。起初对她没感觉，但谈着谈着，感情就会被激发出来。也许我不喜欢理工科，但谁能保证今后依然不喜欢呢？

事实证明，这只是一厢情愿。那个不喜欢的她，无论相处多长时间，也不会擦出爱情火花。就如一块石头，即使有合适温度，小鸡也不可能破壳而出。

我只好把一大堆荣誉证书收起来。那是一个时代的见证。

我开始“挂羊头卖狗肉”的生活。名义上读计算机专业，实际上仍在文学道路上跋涉。

大多数时间泡在图书馆内。

理工科学校，文学类藏书不多。通过几年努力，可以自豪地说，学校的文学书籍，老子基本上都读过。

“独乐乐，不如众乐乐。”如果文字只写给自己，那该有多乏味？我加入文学社，和一群文学发烧友“把酒言欢”。

## 2

文学社社长瑶瑶是个长发美女，她的成绩不仅在中文系一百多人中位列前三，还出版了几本长篇小说。她的文字，带着女性的细腻，又不停留在卿卿我我的儿女情长。男欢女爱的背后，透着她对人生的感悟。

自从见到瑶瑶后，我再也无法淡定。这么优秀的女生，要是能做我女朋友就好了。以后带出去给兄弟们见见，多有面子。

但这些只是我的幻想。始终认为自己是loser，长得磕碜，形象上不修边幅。女生们哪会喜欢我这种类型的男生。

于是，只好找机会接近她。

和她谈话时，都不敢正眼看她，生怕她会说我“图谋不轨”。目光始终游离，一会儿是脸部，一会儿是胸部，再一会儿是她的下半身。

这一晃，三年过去了。

我和瑶瑶就这么不冷不热地相处。

在文学社中，她是说一不二的领袖。她每年都有一两部长篇小说问世，有的被改编成影视剧。我帮她做点校对、润色等辅助工作，哪怕没得到一点回报，心中也喜滋滋的。

当然，我在文学上也是不断精进，这些年出版了好几部情感故事集。写这些故事，就是在慰藉心灵。每次看到身边的人成双成对，心中总有些失落。故事中的女主人公，总带着点瑶瑶的影子。尽管故事中的人物总能终成眷属，可我什么时候才能拥有瑶瑶呢？

## 3

大四上半学期，找工作的事被提上议事日程。那次刚从招聘会现场回来，突然想起今天还有文学社的活动。等我赶到那间阶梯教室，人走得差不多了，只剩下瑶瑶和几个女生收拾残局。

瑶瑶冲几个女孩使个眼色，她们很知趣地走开。偌大一间教室，只剩下我和瑶瑶两个人。

我的心跳开始加速。瑶瑶要干什么？难道这是她的刻意安排吗？我该做些什么？就在这个时刻表白吗？手心开始冒汗。不行！万一被拒绝，可能连朋友都无法做成。我不愿意失去瑶瑶，哪怕就是现在这种不咸不淡的关系，也比她绝情地离我而去要好。

瑶瑶直直地看着我，眼神中带着诱惑。身体开始发热，但一直在克制。“磊，我看了你所有的作品，写得真不错。你能不能把我想象成作品中的女主人公，给我写一封情书？”

“这……”我不知该如何回答。这不是瑶瑶的风格，她会不会在试探什么？写情书不算什么，但女生主动向男生索要情书，还在男生没有表白的情况下，确实反常得一塌糊涂。

“好的。”我说得很没底气。“什么时候能写好？”“三天后吧。”“那我三天后，去你租的房子。”

当时，我没住在学校的寝室，主要是为了有个安静的写作环境。寝室中，很多人都在打游戏，吵得我根本没法动笔。只好狠狠心，和一个男生租了这套两室一厅。那个男生基本上都在外面打工，房间只是用来睡觉的。很多情况下，这套房子就我一个人。

见面时间约在晚上七点。我特意把房间打扫一遍，恨不得把地板拖得能照出人影。一看时间，还有刻把钟。不愿浪费这点零碎时间，拿出一本长篇小说，装模作样地阅读。

心里只想着瑶瑶，一个字也读不进去。突然感觉有些口渴，倒了整整一杯水，“咕咚咕咚”喝下去。婷婷好像喜欢喝咖啡，雀巢的，特意去超市买了一大包。照照镜子，头发有些散乱。用木梳整理一下，还算凑合，门外响起很轻的脚步声。

我知道是瑶瑶，赶忙去开门。瑶瑶穿着一条白色连衣裙，光脚穿着凉鞋。“怎么？我身上有什么异常吗？还是不欢迎我？”“不是，不是，欢迎，当然欢迎。”“既然欢迎，还让我在门口站着？”我做了一个礼仪小姐的手势：“请进。”

撕开咖啡的包装纸，闻到一股浓烈的咖啡幽香。不过这香味，和瑶瑶身体散发的香味是小巫见大巫。

“情书在哪里？”

“在我电脑里，要不你看看？”

“那还磨蹭什么，开电脑吧。”接到指令，我按下开机键。

很久，电脑屏幕依旧漆黑一片。又按了几下，还是没有动静。大爷，帮帮忙吧，这个关键时刻，您老可不能掉链子。

突然看到插座，恨不得给自己一巴掌。电源开关未开，电脑怎么可能打开？

听到开机音乐，悬着的心渐渐放下。然而刚准备打开E盘那个word文档，又遭遇蓝屏袭击。

病毒老兄，您也不必在这个时候凑热闹吧。虽说美女是人见人爱，鬼见鬼爱，不过您也就可怜可怜我这个loser吧。要是再错过这个机会，估计我大学时期只有打光棍的份儿。

读着这篇一万多字的情书，瑶瑶咯咯直笑。她双手交叉放在膝盖上，样子像个小学生。我只是在她身边打转，不知所错。大约20分钟后，她读完这封情书。“我想去喝点什么，要不我们去学校门口的夜排档好吗？”“行啊！”

我规矩得不能再规矩，不敢去拉瑶瑶的小手。只能想象自己拉着她的手，白如玉，细嫩得能挤出水。

那一夜，她喝了很多酒，也吃了不少东西。

“磊，时间不早了，我想回去了。”瑶瑶迷迷糊糊地说。

这怎么行？大半夜的，一个女孩子走在黑灯瞎火的路上，我不放心。我心甘情愿地当起护花使者，才送到一半，瑶瑶就把我一把推开：“你别送了，我能回去。”我只好目送瑶瑶的身影，消失在路边的尽头。

第二天不可避免地迟到。任课老师还算好说话，手一挥，我坐在扎眼的第一排。整整一节课，我不能做其他事，只好做认真听课状。

“你小子，可惜了。”听完我的讲述，王俊楠连连叹息。“女孩子能主动到这个份上，你还是不敢出手，你还算男人吗？”“她要回去的，我怎么能强留她？”“她是在考验你是否在乎她，哎，你呀！”

我怅然地站在路中央，就在不远处，一对情侣正忘乎所以地接吻。

## 4

散伙饭上，我和婷婷还有另一个女生坐在一起喝酒。这或许是我们最后一次见面，我有这种预感。瑶瑶很认真地说：“那封一万多字的情书，是你心中的真心话吗？”我或许是喝多了：“什么真心话？我想怎么写，就怎么写。我都不知道哪句是真话。”

“你……”瑶瑶把酒杯往桌上重重一摔，头一扭走了。旁边的女生急了：“你快去追她啊！你不是喜欢她吗？”“追什么？她爱去哪里就去哪里，管我什么事？”

回到出租房就后悔了，抽了自己几个嘴巴。还是磨不开嘴，短信都编辑好了，还是没按下发送键。

瑶瑶走了，而我到了30岁依然孑然一身。

闷骚，常常成为各类文学作品调侃的对象。但千万别在现实生活中玩弄闷骚，那样只会把你的爱情闷死。别等到爱的尸体横在你面前，才去追忆所谓的“那些年我们追过的女孩”。

# 剪一段奶茶飘香的时光

每个人都有值得回味的时光。从岁月长河中，剪下这个片段，温暖、甜蜜，散发着奶茶的清香。

## 1

我出生在小县城。别人问到家乡，总是轻声说出，语气中带着自卑。一到晚上，所有商铺关门，街上静得出奇。一个人走在夜路上，恐怖片场景会在脑海中浮现……

因此向往大都市的繁华。至少到了夜晚，不必在寂寥中艰难度日。很幸运，高考后被上海一所高校录取。我像小鹿一般，奔向这座充满希望和活力的城市。

与父母告别，过去的一切被踩在脚下。

刚洗完澡，头发还是湿漉漉的，风吹过发梢，舒畅、清凉。穿着一双人字拖，“刺啦刺啦”，在林荫大道上漫无目的走着。

同龄人在操场上奔跑，把青春激情演绎到极致。远处传来阵阵笑声，歇斯底里、放荡不羁。就是喜欢这样的单纯，只有在这个年龄，才能守住那个最真实的自己。今后四年，这里将是我的净土。愿做个虔诚的信仰者，匍匐在专业知识的海洋中。

当然，也不能做个“不知有汉，无论魏晋”的隐居者。外面的世界很精彩，要走出去看看。好在学业负担不重，有很多时间逛马路、吃各色小吃。我是个吃货，路边小摊就是我的福地。价格不贵，味道也不错。常常吃得酒足饭饱，身体吨位直线上升。我也钟情于车水马龙的街道、鳞次栉比的高楼、摩登女郎，还有那些鲜活的时尚元素。

大学生活，冒着热气出炉。时间如一条大河，从身边奔涌而过，连同新鲜感一块儿带走。一切，似乎慢慢走向反面。

体内的激情元素，慢慢被扒空。繁华散尽，没有留下可供回忆的东西。坐在教室里的时间，只有短短两三个小时。其余大部分时光，都成了有待填充的“容器”。心里忽然很惶恐，这是我想要的生活吗？

好在一场社团招新大战，将我从真空状态中解救出来。

制作精良的大幅海报、扯开嗓子的卖力吆喝，还有精彩的现场表演，带着一份悲怆，却不失豪迈激情。

被室友拽去现场，一开始还心不甘情不愿。那几位哥们，为了接近女生，义无反顾去了舞蹈社或瑜伽社。不过得承认，那两个社团的美女确实很多。我可是正人君子，哪能去“糟蹋”人家女孩子，天理不容啊！

不去管他们，我随意报了个社团——跆拳道社。被他们帅气的“破板”表演吸引。男生嘛，难免有点武侠情结，骨子里有股拯救世界的一厢情愿。

递给我表格的是位女生，她没穿跆拳道服，上身黄色短袖，下面一条七分裤。如果不说她是跆拳道社的社长，没人知道她会这门武功。她个子不高，身材略显单薄，让人有一种想保护的感觉。这么一个软妹子，能坐上社长的宝座，一定是个厉害的主儿。

第一次训练是半个月后，室友们已经开始享受艳福。他们会讲述和某个女生的亲密接触，心里怪痒痒的。一开始还有些嫌弃他们，这些可恶的“色狼”，怀着不可告人的目的去参加社团。

这天去打开水，正巧遇到她。她很自然地和我打招呼，笑靥如花。正当我准备多说几句，她却打断我：“我还有很多事要忙，训练时再聊吧。你要做好吃苦的准备，跆拳道可不是闹着玩的。既然选择这门搏击术，就要忍受伤痛。”

啊？不会吧。我本来只是来打酱油的，没想到后面会有这么多凶险。

## 2

提早一刻钟来到训练馆，周围人早已换好服装。稀里糊涂穿上白色道服，系上腰间白色腰带，像别人一样，光脚踩在软垫上。从小到大，从未不穿鞋站在别人面前。我显得很不自然，走路小心翼翼，生怕脚下踩到什么。今天带课的，果然是她。换上跆拳道服，她显得更耐看，更有女侠风范。她开始喊口令，声音那么洪亮，响彻整个训练馆。在她的指导下，众人开始名目繁多的体能和技术练习。

现实把我抛向尴尬境地。平衡掌握不好，好几次摔倒在地上，样子真够狼狈。因为动作没做到位，还被罚做俯卧撑，众目睽睽之下受罚，很伤自尊。

两小时总算熬过去，浑身像散架一般。她正和几个新学员交流着什么，不敢再去打扰她。趁着朦胧月色，一瘸一拐回到寝室……

兄弟们看到我的样子，带着嘲讽口吻说："怎么样？跆拳道社很爽吧。我们打听过了，那个女生是系花，能歌善舞、能文能武。你小子真有眼光，选了这么一个社团。还说自己是正人君子，看来是蓄谋已久。"

没闲工夫和他们解释。解释只会越抹越黑。浑身疼得不行，赶紧洗洗睡了。

第二次训练时，关节还很酸痛。向她说明情况，没得到同情，还被要求做她的陪练。一个绿带的男生拽了拽衣角，悄悄对我说，当她陪练，做好"死"的准备吧。有这么严重吗？我倒想领教一下。

此君所言非虚。她的玉足踢在手中的靶子上，震得我虎口生疼。防身术训练，我好几次被重重摔在地上，疼痛起初是一个点，后来连成一线，最后是一大片。身体似乎被不可抗拒的力量撕扯着。我只是小白带，被她这个黑带好好修理了一番。

不过，我却没有恨她。她是女生，就让着她一点吧。

"今天就到这儿吧。"终于盼来这句话。

她主动来关心我："怎么样？没事吧？今天我下手确实狠了点，没伤到你吧。不过防身术训练，就要真刀真枪地干，否则就没什么作用。"

"没有，没有。"

我真贱，明明已经受了内伤，嘴上还那么硬。

“你撒谎，看你的样子，我就知道出了情况。这样吧，我送你回寝室。”

她和我一起离开训练馆。走出这片充满活力的场地，她立刻变得温柔可人起来。这才知道她叫赵欣怡，是经济学院的学生，年长自己几个月。她在初中时跳了一级，读了上一届德语强化班。10岁开始练习跆拳道，至今已有十个年头。就冲她扎实的基本功，社团里没有人不服她。“学霸+女侠”，她太强势、太耀眼了。

我只能轻声说出自己的名字，作为低矮丑的loser，似乎大声说话会触犯什么禁令。

训练馆旁的奶茶铺，她买了杯珍珠奶茶。她手捧奶茶的模样，真的很美。很想手里有一个相机，把这幅优美画面定格下来。

到了寝室，很客气地与她道别。这些都被室友们看在眼里，免不了又是一阵骚动。

此后的时光，我们总是在一起训练。只怪自己愚钝，反复练习的基本动作，依然会出错。

我不好意思地看着欣怡，她笑着说，你比我可强多了，刚开始练习时，一些动作做得比你还滑稽呢。慢慢来，总会掌握动作要领的。她耐心纠正每一个动作，我的心里涌动一股暖流。

到了柔韧训练，我怀着诚惶诚恐的心情，犹豫不决地劈开双腿。

双腿刚到90°位置，开始有疼痛感，不敢再贸然轻动。她露出诡异的微笑，用老虎钳般的双手一把将我按住，使劲往下压。

惨叫声，在训练馆回响。尽管被摧残，没人出手相救。只好闭上眼睛，逼着自己不去理会神经末端传来的信号。两腿连接处，有一种辣辣的刺痛，如同烈火在燃烧。

半分钟后，我瘫倒在地上，起来的力气都没有了。她这才收起冷酷无情，一双温暖的手出现在面前。她甩下一句话，你有这么大的潜力，为什么不尽力？

训练结束，她没有马上穿鞋袜，而是轻轻搓揉双脚，可能刚才踢靶训练中受伤了。我厚着脸皮对她说，我来为你揉吧，以前学过一些按摩。

没想到好意换来不理解。怎么？想吃豆腐？你这双“脏手”怎能触碰本小姐的纤足？趁早断了这个念头，否则……

我苦笑着说：“我是那样的人吗？好心帮你按摩，竟被想成是龌龊的事。再这么凶，当心嫁不出去。”

最后那句话，引出欣怡的“魔爪”。“你再胡说，现在就废了你。”

“别，我知错了。我只好讨饶。”

路过奶茶铺，主动请她喝一杯。她坏坏地问我：“有什么动机？”我恳求她：“下次训练，手下留情啊！”

“休想。你落在我手里，就是苦难的开始。”哎，怎么摊到这个丫头片子？

随后，我和欣怡开始以姐弟相称。每次训练后，一杯温热的珍珠奶茶会等着她。

## 3

社团文化节到了，跆拳道社排演一个情景小品，讲述一个夺宝青年的奇遇。该青年为拯救受瘟疫困扰的百姓，闯过数道难关，终于从恶魔手中夺得治疗瘟疫的灵药。我被推选为男主角，欣怡也饰演一个角色——大恶魔的“首席护法”。

表演的日子像野牛奔袭而来。学校活动中心的底楼大厅，出现红底白字的海报，显出喜庆的气氛。还有一块块展板，展示协会训练、参赛的景象，历数近年来的获奖情况。

情景剧的首个场景，是古时一家小酒店。为夺取湖心小岛上的宝物，小店是必经之处。我和两个同伴“无敌忍者”“东方不败”在小店用午餐，谈话无意中被伙计听到。店内老板、伙计们蜂拥而出，拦住了去路。“无敌忍者”对我和“东方不败”说，你们先走，这里由我搞定。他那么自信满满，我和“东方不败”放心地离开。

“小的们，给我上”，两个伙计呈现出掎角之势。“无敌忍者”毫不畏惧，只用几招将两个小喽啰“送上西天”。他叫嚣道，我要打十个。得意之时，一把尖刀“插进”他的后背。

我和“东方不败”等了很长时间，意识到情况不对。急忙赶回小酒店，地上躺着“无敌忍者”和伙计的“尸体”。

情景剧第二幕，路边的草丛出现异样。“东方不败”去打探，几个僵尸展开攻击。植物大战僵尸的背景音响起。一位女僵尸首先发起攻击，一交手就被背摔就地解决。最后一个僵尸不好对付，头戴帽子，表明是升级版的僵尸。“东方不败”使用一连串的腿法，才将它制服。他的身后，突然窜出小酒店的老板娘，一通棍棒砸在后背上。很快，他没了“生命体征”。

我进入草丛，发现不省人事的“东方不败”。强忍悲痛，将“东方不败”安顿好，怀着悲愤向湖心小岛大步流星地走去。

下了渡船，就发现逍遥自在的恶魔，身旁还有两个护法，正是小酒店的老板与老板娘。那个男护法说：“老婆，你已经解决两个愣头青，这个小子就由我来收拾吧。”

男护法开始和我生死相搏。最后，我使出绝招——“无影腿”。男护法的脖颈被双腿缠住，一用力，他像一座大山轰然倒塌。倒在地上的男护法还想挣扎，我的“金刚掌”重重地劈在前胸。他双腿一蹬，如一摊烂泥躺在地上。

女护法再也按捺不住，对我展开凶猛攻击。好几次被她的犀利拳脚弄得手忙脚乱。稳住身形后，我逐渐取得主动权。故意卖个破绽，趁女护法攻击疏漏，一掌击中她的胸口。女护法摔倒在地上，我没给她喘息机会，往她背上踹了一脚。心里五味杂陈，因为倒在地上的是欣怡。

没等好好回味，终极对决上演。这场搏斗将整场演出推向高潮，多次腾空的踢腿，赢得观众雷鸣般的掌声。最终，恶魔的统治被终结，拿到宝物，瘟疫终于被平息。

中场休息，我递上早已准备好的珍珠奶茶。欣怡狠狠喝上一口，把奶茶甩在一边，双手如泰山压顶出现在头顶上。好啊！你敢这么对本小姐，看我怎么收拾你。我本能地抱住头说，不是教练的安排吗？你怎么蛮不讲理？”

欣怡又喝了一口奶茶，说先不计较，反正来日方长，今后有你好受。我却扬起头，说出一句隐藏在心中很久的话，没关系，我随时愿意接受惩罚。

随后，特技表演闪亮登场，充分展示出跆拳道的力与美。演出结束后，观众们掌声雷动……

# 4

我和欣怡的关系，在一次次训练中慢慢升温。不过，这种关系，总被她控制在合理范围内。就像一壶水，总到不了烧开的程度。不过，爱一个人的感觉真美。每次凝望她纯真的双眸，感受她甜美的笑靥，体味两颗心的交融，心灵的天空便是一片安宁与温馨。

我愿永远将她的笑容，深深地刻在我的记忆中。无论岁月如何侵蚀，都不会有任何折损。

眼看就要毕业，机会只会越来越少。

那天晚上，在寝室闷头喝了二两黄酒。酒壮人胆，我买了几朵玫瑰，来到欣怡的寝室下。正准备把操练多次的话讲出来，一男一女从旁边闪出来。看清那个女孩的面容时，我差点晕过去。

那个女生竟然是欣怡……

欣怡已经名花有主……

内心像被尖锐的猫爪挠过一样，留下滴血的伤痕。我的手在颤抖，浑身力气像被一股引力吸走。玫瑰从我手中悄然滑落，一阵疾风吹过，吹走了散落在地上的花朵，也带走了我内心的希望。

我走了，低着头走了，不愿意继续观看眼前的画面。不怨恨欣怡，只怪自己木讷，给那小子捷足先登。

这是我最后一次来跆拳道协会训练。训练中极其认真，似乎想借此转移注意力。训练结束后，我失落地整理衣物准备离开，一个熟悉的身影出现在面前。

欣怡手中拿着两杯珍珠奶茶，一杯递给我：“以前都是我一个人喝，今天我们一起来品味甜蜜好吗？”

接过了奶茶，我开始啜泣："谢谢你，欣怡。"一把抱住她，女生特有的气息沁入心脾。

这时，那个曾和欣怡亲密的男生出现，用厚重的男中音对我说："欣怡交给你了。通过你的表现，我做表哥的也就放心了。"

难道是他们演的一场戏？害得我这几天极其悲怆、绝望。

"你怎么可以玩弄我的感情？"我故作生气。

"怎么不可以？你是我手中'行货'，就得听任我的'蹂躏'。"欣怡一脸得意。

"哎，谁让我这么倒霉，摊到你这个女孩。"我无奈地摇摇头。

"这是你说的？哥，我们走。"说着，欣怡拽着表哥准备离开。

"我错了，以后都听你的。"我开始求饶。

欣怡扑哧一笑："哎，有时候真觉得你这个人蛮可爱的。好了，我不再捉弄你。不过，有件事还想和你商量一下。我拿到牛津大学经济专业硕士的全额奖学金，几个月后将飞赴英伦。我不愿意放弃这个机遇，你是否肯等我两年？"

"没问题，欣怡。我愿意为你守候一辈子。"

欣怡笑了。我们开始一起品尝珍珠奶茶。

那个雨天，我们不撑伞，欢笑着走在雨中，任凭调皮的雨滴湿润发梢。

两年后，在机场候机厅。脑海里，浮现出那段珍珠奶茶飘香的时光，耳边传来那个熟悉的声音……

# 你不嚷嚷，我又怎么会懂

“说，什么时候开始对我图谋不轨的？”

“严重的用词不当，我这是大胆追爱，哪是图谋不轨？别把我抹黑成流氓好吗？”

“不要转移话题，回答我刚才的问题。”

站在山顶，我不忘调侃这个憨货。要是这憨货再怂一点，我们会在茫茫人海中擦肩而过。

## 1

十多年前，我还是懵懂少女。

新学期刚开学，老师就要调换座位。我从第四排，前进到第二排，离黑板的距离近了不少，就连沾在老师脸上的粉笔灰，都看得极其清晰。

他的成绩不错，稳定在班级前三名。我们共同语言很多。别想歪，我们是“别人家的孩子”，那时候脑子里除了学习，还是学习。

之所以屡屡在学习中使出“洪荒之力”，主要是因为我出生在普通家庭，父母都是一线员工，工作辛苦，收入微薄。平日里父母省吃俭用，但在我身上花钱却毫不含糊。

我不忍心辜负他们对我的期望。清晰记得中考前一个多月，母亲听同事说，有一种健脑类保健品刚刚问世，对增强记忆力很有帮助。她顾不上工作辛苦，七点刚下班便跑去商店。走了一大圈，还是一无所获。那天，母亲将近10点才到家。当时，母亲的月收入才600多元，却花了近500元买来两瓶保健品。

我在无意中听到父亲对母亲的埋怨，很愧疚地对母亲说：“妈，保健品我不吃了，我不想浪费钱。”母亲笑着说：“这哪是浪费钱？这东西能让你记住更多知识，就是花再多的钱也值。”

我把这件事写进我的作文，博取不少女生的眼泪，当然他的眼圈也有些红红的。

中考后，我和他进入同一所高中，却被分在不同班级。有时候，翻过一座大山，后面不一定是坦途，或许另一座大山在等着你。

每日的生活，被习题、讲义、考试占据。尽管会路过对方教室，彼此只是淡淡一笑。高中三年，依旧是两条平行线。高考结束，我去了山城重庆，而他去了三湘大地。彼此留了手机和QQ号，时间一长，相互联系也少了。

大学生活，明显比中学时代丰富很多。但有时候自由过多、束缚过少，会让整个人无所适从。这是我要的生活吗？我决定翻开记忆这本书，细细品味其中的每个章节。

我开始更新QQ空间日志。怀着惆怅的心情，写下这段文字：“很怀念我的初中生活，特别是陪伴我三年的同桌……”随后，是对初中生活的详尽回顾。

我并没有想通过回忆获取什么。只是让我找回一路走来的踪迹，不至于在未来的路上迷失自我。

身边的姐妹们都有了男朋友。周末，寝室空荡荡的，只有我在书桌前看书。墙上的挂钟，滴答滴答响着。习惯性地打开QQ空间，赫然看到一句留言：“梦莹，我是樊勇，现在还好吗？”

这句话，让这个普通得不能再普通的周末，变得熠熠生辉。

当记忆从一个符号，真真切切地杀到身边，顿时感觉心跳在加速。他在我面前变得清晰起来，一张国字脸，双目炯炯有神，穿着一件洁白的衬衫，嘴角洋溢着暖心的笑容。

他的QQ头像不停闪动，常常从下午一直聊到凌晨。

他始终未向我表白。哪怕就是最俗套的“我爱你”，也没有从这张“狗嘴”里吐出来。

## 2

寒风凛冽、下着鹅毛大雪的早晨，回到这个让我魂牵梦绕的家。和父母寒暄两句，钻进自己的房间。果然他QQ在线，忍不住问道：“明天来吗？”

“来。”就一个字，感觉窗外冰雪世界瞬间融化。

聚会定在一家茶餐厅。我来得很早，静静守候他出现。这是初中入学10周年聚会，大家多年未见，聊着过去或快乐，或忧伤的往事。

我忍不住问身边同学："樊勇今天来吗？"

"没说不来呀。要不打电话给他。"

拨了几次手机，始终处在无人接听的状态。就在担心他是否遇到什么麻烦时，他穿着蓝色滑雪衫出现在餐厅门口，一脸抱歉地说："不好意思，我记错时间，让大家久等了。"

"没事，正好大家多年没见面，有说不完的话。"见众人都不说话，我出来打圆场。

"都别说了，我都快饿死了，快让服务员上菜。"有个胖胖的女生接过话茬。

不知是有意无意，大家把我身边的座位空着。"大家这么有意撮合你们俩，还看不出吗？别再犹豫了。"我听到一位同学小声对他说，脸上泛起一阵红晕。

"陈梦莹，马上要毕业了，你有什么打算？"

"我想读研，只是还没想好去哪里。"

"我会保研，很可能去上海……"

我点点头说："上海是个好地方，我也想去。如果可能，我们去同一所学校读研吧。"

当我感觉他会采取下一步行动，他却闷头吃着花生米。

在茶餐厅吃完饭，大家又去附近一家量贩式KTV唱歌。曲终人散时，天色已经有些昏暗。

"梦莹，正巧和你顺路，要不我送你吧。"从来没有被男生送回家，今天姐们就破戒了。

一路上，都是他自说自话地聊着最近的趣事。只是，他依旧没有说出我最想听到的那句话。

阿勇，这句话就这么难说吗？你不嚷嚷，我怎么能知道你的心思？

正当我准备旁敲侧击地表达出心中不满，已经到了小区门口。

“再见，有空我们再联系。”他给了我一个招牌式笑容。

整个寒假，他都没有约我出来。所有联系，还局限在网络上。

我憋不住了。参加完研究生复试，我决心把这条“大鱼”钓上来。电话里，我冲他撒娇说：“我考研准备得很辛苦，想好好放松一下，只是没人陪我。要不你陪我出去走走吧。”

“这个……好吧。”他还是有些犹豫。

天目湖景区，美丽的湖光景色，激发起我的拍照欲望。这可“苦”了他，瞬间变身“摄影达人”。

天色渐渐阴沉下来，一场暴风雨正在迫近。我还在兴头上，对即将到来的风雨视而不见。随身携带的小包放在湖边，我再次摆出古灵精怪的pose，让他按动快门。一阵疾风吹过，弱不禁风的小包竟被吹入湖中。

“我的包。”我急得快掉眼泪。

只听“扑通一声”，他脱掉衣服跳进湖水里，瞬间没了踪影。

“樊勇！樊勇！”我大声呼喊，却没有应答。继续声嘶力竭地喊着，祈祷上苍把他还给我。

两分多钟后，湖面探出一个人头。是樊勇，手中拿着掉进湖水的小包。为了帮我找包，他不小心把眼镜弄丢了。他的近视度数比较深，看不清楚眼前的情况。幸好胡乱中摸到一个硬邦邦的东西，一个猛子跃出水面。要是再耽搁一会儿，可能会有危险。

我略带嗔怪地说：“樊勇，我不许你这样，太危险了。”

樊勇深情地把包递给我，说：“这个小包你很喜欢，弄丢了多可惜。”

我瞬间“梨花带雨”。这个男生怎么这么傻？傻得连自己的安危都不顾。但我就是喜欢这样的傻。

出了景区，他就变得像没事人一样。难道刚才的话、刚才的场景，都只是我的幻觉？多么希望这样的幻觉，能再多持续一会儿，哪怕只是一秒钟。

## 3

紧张地守在电脑旁，不断刷新网络页面。研究生复试结果，将在今天公布。每点击一次刷新，都要把眼睛蒙起来，透过手指的缝隙看电脑屏幕。

终于录取名单赫然出现在眼前，我一目十行地扫视，没有发现自己的名字。这次换做逐字扫描，这才确认自己落榜了。

只有泪水，才能宣泄压抑已久的情绪。

他的电话来了。“今天天气不错，要不我们出去走走。”

本来一句很正常的话，却因为不合时宜被我骂得狗血喷头：“好你个头，天气再好有什么用？我失败了。”

“怎么了？发生了什么事？”

“考研，这个破学校，把我拒之门外了。”最终还是没忍住，泪水“糟蹋”了好几包餐巾纸。

一刻钟后，他出现在身边，一把将我揽入怀中，为我擦着眼泪：“梦莹，没事啦，胜败乃兵家常事嘛。”

我呜咽地说：“我怎么会失败呢？从小到大，还没遇到这样的失利。今后该怎么办？”

“要不再考一年吧。别担心，我会帮你的。”

他愿意帮我，说明我在他心中的位置很重要。就冲这点，姐们就不能再自暴自弃。

樊勇真是个暖男。那一年时间，他每个月不惜五小时车程，专程从上海赶来，就是为了给我打气。每次分别，都变得很痛苦。樊勇把能说的甜言蜜语都说了一遍，我这才同意“放”他回上海。

回到校园，樊勇就开始为我考研的事情张罗。为我联系一些相关专业的学姐和学长，向我传授考研经验，获取考研笔记。除了知识上的准备，他还帮我树立良好的心态。我第一次考研失利，问题出在“想赢怕输”的心态上。他尽力帮助我舒缓压力，说能考上心仪的学校最好，考不上也没关系。

为了保险起见，我在樊勇的指导下，报了好几个学校和专业。如果考不上上海交大，就调剂到安徽的大学。反正上海离安徽也不远，见面也不算很麻烦。

一年备考期，每天的作息是“朝七晚十”。笔试问题不大，以超过专业分数线20分的成绩，顺利进入复试。

复试这天，樊勇陪着我来到考场。“梦莹，别紧张，笑一个。你是最棒的。”进入考场前回头一瞥时，樊勇冲我做了一个胜利手势。

出了考场，我一脸愁容。樊勇斜靠在一棵杨柳树下，手中捧着一本书。我满脸哀怨地从他身边走过，嘴中还发出“哎、哎”的叹息声。

“不会吧，又没考好？老天呀，你怎么这么狠心，如此折磨一个善良、勤奋、好学的女孩子？”他仰头对苍天，发出一声声悲叹。

“哈哈，你上当了。”如同川剧变脸，我突然从极度忧伤切换到笑容满面。

“好啊！竟然耍我，活腻味了不成。你也知道，我是空手道黑带，说，想尝尝哪一种死法？锁喉、背摔、重拳……”他的眼中露出杀气。

我双手作揖：“小女冒犯大侠，还请见谅。为报大侠恩情，小女愿随身伺候。”我的古装扮相和台词，让他瞬间笑得前仰后合。

坐在川味餐厅内，我问他：“后面还有一大波空闲时间，你看我们去哪里转转？最好去远一点的地方。”

“这个……”他似乎一时想不出有什么理想的出游之地。

我表情略带夸张地说：“要不去重庆歌乐山吧。红色之旅，也让我们接受革命先辈的洗礼。”

他没有反驳，嘴里轻轻“嗯”了一声。

歌乐山的山顶上，有一个很大的平台。我站在那平台上，大声地喊道：“我一定要考上交大。”我一边喊，一边哭得很厉害。

几个月来，所有情绪都憋在心里，终于彻底释放。

他心疼地把我抱在怀里，在额头上献上一吻。此刻，这个世界只属于我们。

可是，他依旧没有说出那几个关键的字。急死人啊，抱都抱了，吻也吻了，难道他心中还有什么顾虑？

一个月后研究生录取名单公布，我顺利进入上海交大的历史与哲学系。那一年，上海交大研究生院搞自主招生，保送研究生的比例很高，而通过研究生入学考试录取的比例很低。我能从数百名考生中脱颖而出，成为五名幸运儿中的一员，着实很不容易。

## 4

真正在一起时，身上很多缺点被无限放大。

那天一大早，樊勇准备去图书馆的资料室拷贝一份数据资料。就在出门前，突然接到导师的电话。导师临时有事找他，需要马上赶过去。他只好关照我，一定不要忘了去拷贝资料。这份资料，对他完成一篇论文很重要。

他知道我的缺点：做事不仔细、粗心大意。很多事情说了很多遍，还是不能记住。他只好一遍遍交代这件事的重要性，说得我都有些烦了："你怎么和我妈一样？就这点小事，我一个成年人还办不好？"

樊勇从导师那边回来，已经是晚上十点。他最近要完成一篇论文，准备投稿到SCI期刊。时间紧迫，他打算通宵写作。他在QQ发来消息："能否把资料在线传给我？"

我一脸迷茫："什么资料？"

"啊！"樊勇知道大事不妙。

我这才缓过神来。糟糕，今天上午到了图书馆，觉得时间充裕，就坐下来看书。有一本小说很吸引我，看完后已经是下午五点。结果看完书后，把樊勇交代的任务忘了。

樊勇开始发飙："你知道这份资料对我有多重要吗？"

我发了一个撇嘴的表情："不就是一份资料嘛！明天就帮你拷贝过来。"

他依然不依不饶："图书馆资料室只有工作日才开放，明天是周末，至少要大后天才能拿到这份资料。我这篇论文就要截稿，你让我怎么办？”

我没好气地说：“你怎么变成这个样子？简直是不可理喻。”

“我不可理喻？你知道论文发表不了，我就无法毕业，你知道我的难处吗？”

“别说了，以后我们别联系了。”

我们开始冷战，整整一周时间。期间，好几次想打电话给他，面子上却过不去。他不和我表白，本来就让我不安，现在又甩出一副臭脾气，以后还怎么在一起过日子？樊勇的性子也倔，不肯轻易道歉。

百无聊赖地翻着微信朋友圈，上面那些搞笑的段子，再也激不起兴趣。

微信视频聊天的铃声响起，是闺蜜小茶。“梦莹，过几天要和男朋友出国旅行，想请你吃顿饭。以后，我可没有这么多时间陪你了。”

祝福小茶，她曾经有一段长达八年的初恋，可是初恋男友最终却被一个美女拐走了。失恋后，小茶情绪极度低落，还发誓这辈子再也不沾染男人。

幸好这个经济适用男及时出现，让准备不婚的心软下来。

吃饭的地方，就是上次初中聚会那家茶餐厅。心里，忽然有一种奇怪的感觉。记忆的洪流，以排山倒海之势袭来。这家餐厅，承载太多美好的记忆。

就在餐厅靠窗位置，我看见小茶，更让我惊讶的是那个男人。

樊勇怎么会在这里？难不成樊勇早就和小茶有一腿了？

种种不好的猜测浮现：原来樊勇抱着我、吻着我的时候，他心里还有另外一个女人。

我准备转身就走，樊勇站起来拦住我。

我很凶地对他说："放开我，我不想再见到你。"

"对不起，梦莹。"

"对不起就结了？"

"我不该对你发脾气。"

"还有呢？拣问题的关键说。是男人，做了什么就该承担。我最看不起那些做了事还要赖的男人。"

一旁的小茶，似乎意识到什么："梦莹，你误会樊勇。其实，我根本没有和男友去国外旅游的打算。樊勇就是想借这个机会，向你真诚道歉。"

我愤愤地坐下："为什么不直说？这样拐外抹角，有意思吗？"

樊勇拿出一串珍珠挂件："都是我不对，女生最希望有安全感。此前一直没对你说这句话。直接和你道歉，怕你不接受，所以才想了这个办法。今天，我郑重地对你说'梦莹，我爱你，永远地爱你。'"

就在他为我戴上这串挂件时，心中的感动早已汇成一条小河。这家伙，你早点嚷嚷一下，我不就懂了。还有必要费这么多周折？

## 5

2015年，樊勇即将研究生毕业。他很早就有出国深造的打算，出于学术实力的考虑，他选择了英国牛津大学。

得知他准备申请牛津大学博士学位，我一开始有些小失落。很想去美国的高校，喜欢那里比较自由的学术氛围。樊勇察觉到异常："我还是去美国吧，我不想让你不高兴。"

我摇摇头说："既然你觉得牛津更适合，还是遵从内心的意愿吧。只要是你的选择，我都认为是对的。"

申请牛津大学博士，需要提供大量的个人材料，比如个人简历、个人陈述、导师推荐信，还有GRE、托福、雅思的成绩单。此外国外高校的研究生注重申请者的科研能力，樊勇还提交了一大摞发表的论文以及翻译的著作。这些过硬的申请材料，帮他拿到牛津大学材料学博士的offer。

此后，樊勇又开始申请国家公派。其他方面都没问题，但雅思口语方面还欠缺一些。留给他只有两星期时间，还包括农历新年春节。他只能在大年三十晚上，还在练习口语，周围的鞭炮声不断刺激他的神经。

好在我一直陪在他身边，帮他做"陪练"，为他做好后勤保障。两人牺牲过年走亲访友的欢乐，一天七八个小时说着英语。这个最枯燥乏味的春节，换来雅思口语的高分。过了语言这关，通过国家公派申请也就顺理成章。

在机场送走爱人，我难掩失落，在QQ空间上留下一段哀怨文字。

牛津大学的学业压力很大，特别是博士生，基本上每天只能睡四五个小时。每门专业课，都要阅读大量的文献，撰写读书笔记和课程论文。

和上次考入交大研究生一样，我们再次产生一年的"爱情时差"。这一年时间矛盾会比较多，这是异地恋情侣比较普遍的现象，更何况还是异国恋。看到因为一些小事争吵，父母觉得我们在一起不太合适，希望我们谨慎考虑。

好在我不愿意放下这段恋情，即使有争吵，矛盾也止于当天。第二天，我又会想着樊勇的好，樊勇也不会记恨我昨天说的气话。两人的感情基础，在时间、空间的不断冲刷下，变得更加牢固。

樊勇原本只希望我申请英国的其他高校，但为了爱情，我选了一块“硬骨头”来啃。牛津大学的文科专业很强，申请者众多，要求也远比理科专业高。我不负众望，将去牛津大学攻读历史系西方史专业博士。而整个历史系，只有我一个中国人。

回到家乡，我们特意去找那棵大树。就在三年前，我们曾在这棵大树下，埋下一个“时间胶囊”，里面装着对未来的期望。看着三年前的字迹，我们感动得落下眼泪。此后在另一个地方，再次埋下一个“时间胶囊”，准备等毕业回国时再挖出来。对于爱情，我们觉得每天要用全新的眼光去看待它。我们想着法子让爱情保持新鲜，带着一份珍惜走完每一天。

正式领证结婚，完成这场长达十多年的爱情长跑。

我们都想好了，先在英国举办一次英式婚礼，回国后再办传统的中式婚礼。无论去哪儿，在国内还是国外，都不算是终点，都只是一个起点。毕竟世界这么大，我们还年轻，还想多去看看，去体味世间百态和不同的风土人情。

“我们要永远在一起。”我们用最响亮的声音，喊出这份誓言。山谷里，回荡着对于爱情憧憬的心声。

## 拥抱幸福，从抛弃幻想开始

### 1

说实话，这个周末不想出门。

昨天下班前，总监急匆匆到办公桌前，扔下一堆资料：“无论弄到多晚，今天一定要看到成稿。”

这类调研报告，应该由市场部专员菲菲完成。但菲菲怀孕五个多月，不能让她挺着大肚子来上班。

她的缺位，一下子让我变得手忙脚乱。除了做好本职工作，还要把她的工作吃下来。手下两个小兵，没有半分帮我的意思。算了，人家是大学刚毕业的小姑娘，还处在活泼好动的年龄。我已经是“半老徐娘”，就多担待一些。不过那个“死鬼”，还是要安抚一下的。

电话里，我嗲嗲地说：“亲爱的，老板又让我加班。”这是我惯用的伎俩，每次他都缴械投降。

这不，他很关切地说：“哎呀，宝贝，你们老板怎么这么不懂得怜香惜玉。不用担心，我会把自己拾掇好的。你自己要多注意，女生加班熬夜，会变丑的。”

我很警觉地说：“变丑怎么样？你敢不要老娘？”

他意识到说错话急忙解释到：“哎哟，我怎么这么不会说话？小生在此赔不是。”

这是我敲诈他的机会，怎能就此放过：“不行，口头道歉就完了？要好好补偿。”

“好，等你回来，带你去吃一顿好的。”

“又来这个，没意思，就不能有点创意。”

“我……”这个木头再也说不出话。

挂断电话，心里还是喜滋滋的。几年前，我哪有底气这么对男友说话。好了，先把花前月下放一放，赶紧考虑这份市场调研。老板脸色不好看，今天交不出成稿，他还不活剥了我。公司和竞争对手，为了这笔大单，已经是争得“你死我活”。这份调研报告不能出差错，一定不能！

午夜十二点，关闭电脑。回想一分钟前，老板的眉头舒展，还很关切地询问我周末的打算。我咧咧嘴说：“没什么打算，就想在家里好好睡一觉。”

“是啊！这段时间你辛苦了，是该好好补补觉。不过这笔单子到了最关键的时候，所以可能会‘骚扰’你。”

“没事，老板，只要是您的电话，我一刻不会耽搁的。”

说这话明显是违心的，谁希望半夜里“夺命连环call”。不过，你不向老板表忠心，那就等着收拾家当吧。

这个职场，永远不缺有能力的人。稍微松懈，你就得出局。

## 2

商务楼的走廊内，寂静无声。

也难怪，谁大半夜会在这里溜达？高跟鞋“咔嗒咔嗒”擦在大理石上，发出很响的声音，很恐怖。

都怪我不好，平时不喜欢看那些帅哥四溢的韩剧，偏偏喜欢看吓人的悬疑恐怖片。现在好了，那些最惊悚的桥段，就像走马灯一样在脑海里转个不停。要是黑暗中突然伸出一只手，突然出现一张没有五官的脸，我该怎么办？

越怕越来什么。我听到背后有脚步声，很规律，我走一步，他也走一步。

不好，真有不干净的东西跟踪我？我加快脚步，他也在提速。更邪门的是一道耀眼的白光向我射来。黑暗中，我只看到一道白光，根本看不清白光背后是什么物件。

我胡乱地往前跑，赫然发现前方是一堵冰冷的大理石墙面。

完了，这下跑不掉了。想到手上戴着一串开过光的佛珠，心情稍稍平复。对这些东西，总该有所忌惮吧。我倒要看看，他敢对我做什么。

“你跑什么呀！我还以为是小偷呢。”

灯光后面，是那个大楼保安。每天一早，他很机械地看着进进出出的白领。在我的印象中，他就是个没表情的人，整天拧着一张脸。现在，总算瞧见他还是有喜怒哀乐的。

我害怕后面还会发生什么意外，于是让他护送我出大楼。他一边走，一边嘟哝：“这楼里除了你我，还有什么人？”

废话，人不可怕，我怕那个呀。和他说，完全不懂，不值得费这么多口舌。

打车回家，看到那张熟悉的大床。顾不得洗澡，直接躺下，估计也就一分多钟，我就开始和周公相会了。

梦中，是我被前男友抛弃的场景。过去这么长时间，我怎么还放不下这个渣渣。想从梦境中逃离出来，但就是不行。突然耳边响起一阵尖锐的声音，我就此醒了。

已经是下午一点多，是闺蜜真真打来的电话。她说有急事要找我，必须马上出来。我还没睡够呢，哪怕冒着再次进入噩梦的危险，也要躺下去。

“莉，人命关天，你总不能见死不救吧。”真真说到这个份上，只好告别温暖的被窝。

## 3

还是老地方，母校内那家颇有小资情调的咖啡馆。读大学时，我们经常在这里消磨午后时光。伴着悠扬的轻音乐，我看到一脸忧伤的小茶。

“怎么啦？又是你家那个惹你生气啦。修理他不就行了。”真真不作声，闷着头喝咖啡。她要的卡布奇诺，没两口就喝完了。这哪是喝咖啡，这是在喝大碗茶啊。之后她又要了一杯奶茶，还是喝得不修边幅。

突然，闺蜜真真放下手中的马克杯，惶惶问我：“莉，他马上要去国外进修，整整两年。这段时间不在他身边，他会拈花惹草吗？要不要放他出国？”

对这个问题，我早有耳闻。前两次，真真都说她男朋友为了她，宁愿放弃国外进修的机会。估计现在是顶不住了，前途和感情，男人一般都会选择前者，难怪世上会一直有杀不完的陈世美。

相信每个即将开启异地恋的女生，都会发出类似这种无法给出答案的追问。我总不能打包票："放心，他深爱你，肯定不会变心。"一旦今后小茶的男友喜欢上金发碧眼的美女，估计她在心里都有掐死我的念头：都怨你，当时听你的话才放心地送郎去远方。现在倒好，他彻底飞了，你把他赔给我。赔钱可以，但人怎么赔呢？

我只好含糊其辞："这个，我不好帮你拿主意，还是你自己决定吧。"

"说了等于没说，我去问别人吧。"

不过，估计别人会像我一样打太极。谁让男人都是好色的动物？谁让他们见了美女就会荷尔蒙贲张？世界万物都是运动的、发展的，两人的恋情亦是如此。

就在几年前，我也和真真一样，总是担心我爱的男朋友飞走。

为此，给他约法三章：每天必须向我报告日程安排；我的电话必须接听；我的任何要求，必须无条件满足。

当然，我不只是从他身上索取，也付出很多。毕业时，他说自己父母老了，需要他这个独子在身边照顾。看在他是孝子的份上，我宁愿放弃世界500强的offer，和他一起回到家乡。他选择创业，我当然支持，做起全职主妇。所有文艺、风花雪月，都被藏进琐碎生活中。我照顾他父母，料理所有家务。

他在创业前答应我，莉，给我三年时间，我会让你过上幸福生活。我对这句承诺深信不疑，只要是他嘴里说出来的话，我没有任何怀疑。

## 4

两年多时间内，我缺席几次同学聚会。我和朋友圈渐渐失去联系，只能在网上获得一些零星信息：几位闺蜜都还单身，是各自领域内的“白骨精”——朝九晚无、风风火火，带着一群大老爷们“闯荡江湖”。江湖的“腥风血雨”与我无关，我只要管好自个的一亩三分地。想到这儿，也没什么遗憾。

短暂幸福过后，我却开始不安。他确实有能耐，公司业绩蒸蒸日上，逐渐在市场站稳脚跟。他开始成为头面人物，在本地媒体上频频露脸。

按理说，我应该感到庆幸，苦苦守候近三年，不就是等这天吗？他潇洒有气度、大气又不失沉稳。这些年商界沉浮和淬炼，让他褪去男孩的稚嫩，多了成熟男子的儒雅气质。而我，整天忙于家务，皮肤越来越粗糙，头发乱糟糟的，脸上也没好好打理，黄脸婆一个。

差距越来越大，每次想到这个，心房就会颤动。

提心吊胆地过了几个月，终于，那个“假想小三”出现在我面前。她比我年轻、比我有能力，可以成为他事业上的贤内助。我呢？除了会做点家务，还真没有能拿得出手的东西？而做家务，保姆就能胜任。人家现在是大老板，在这件事上的利弊关系算得清楚着呢。

我狠狠地撕了他给我的支票。青春岁月，不是几个臭钱就能补偿的。

哭了整整三天，到最后哭累了，看看镜中那个眼圈红红的、满脸憔悴的自己。都怨我自己，为什么要把生活希望都寄托在别人身上？如果他讲良心，或许还能抵住诱惑。但诱惑终究是诱惑，又有几个人能做到“坐怀不乱”？

此前的不安全感，其实是我一手造成的。如果我也是“职场白骨精”，如果有稳定、殷实的收入，还会这么担惊受怕？还会每次问他要钱，弄得像乞丐一般？当你连这点骨气和自信都丧失殆尽，还能奢望所谓的安全感吗？

我决定回到职场。尽管过程艰难，但我还是挺过来了，成为这家外企的中层管理人员。魔都，从来不会在意你曾经的经历。干好自己的事，实现自我的价值，远比从别人身上寻求安全感要强很多。

认识阿德，也是一次工作上的聚会。那是一次行业年会，阿德和我都被公司推荐去参加。年会上，我表演了一套拳击操，引得全场男同胞一通怪叫，眼睛直溜溜地看着我腹部的马甲线。

为了这条马甲线，我请了私人教练，每周锻炼3次。说实话，外企工作很累，但身体是自己的，不愿成为“年轻时拿命挣钱，年老时拿钱换命”的牺牲品。锻炼一年来，身体确实强壮不少，以前经常会因为天气的突然变化，引发头痛脑热，隔三岔五还会去医院吊盐水。现在几乎不给病菌什么机会。更重要的是，锻炼给了我自信。而这份自信，是职场生涯不可或缺的。

刚下舞台，就有好几位男士主动和我搭讪。他们长得都有些磕碜，基本不在考虑范围之内。倒是阿德，言谈举止中带着绅士风度。他是英国伯明翰大学管理学硕士，在英国有7年留学经历和3年工作经验。回国后，在一家运动器材公司做销售。他为人稳重，不太爱说话。不过，他做的每一件事都很得体。和他在一起，总觉得很安心。要是换做以前，遇到这样的优秀男士，我肯定会惶惶不安。可如今，我也不含糊，很大方地接受了他的邀请。

见了几次面后，他向我表白。我没有向他隐晦离婚的经历。重新开始一段感情前，必须向心爱的人坦诚一切。他说不介意，离过婚的女人分两种，一种是自己作的，一种是被逼的，你属于后者。有过这样的经历，更懂得珍惜生活。我岁数也不小了，需要过稳定的生活。

确立关系后，在一起的时间并不多。我们工作都很忙，周末也在加班。不过，他总是主动向我汇报情况，生怕我担心。这家伙，就是这么暖心。

有了上次的教训，我不会过分盯梢。男人的心，不是靠盯梢就能拴住的。只有你有人格魅力，让他能持续发现你身上的不凡之处，他才会像个孩子，围在你身边“要糖果吃”。

两周后，我接到真真的电话，说她男友已经在国外了。她相信命运，如果真要出轨，就是不让他出国，也会发生。

幸福，从来不是担心出来的，也不是幻想出来。只有把自己变得更强，让自己更有魅力，幸福的馅饼才会砸在你的脑门上。

不说了，还是继续和我喜爱的恐怖片相会吧。

# 不好意思，恋爱二缺一，你捧个场吧

## 1

拥挤的地铁上，我还在想下午难缠的客户。本来谈好的价格，签约时突然提出降价10%，还对售后服务甩出种种要求。敢情早就联系了其他供货商，现在是有恃无恐了。

这个竞争惨烈的市场，谁让有钱的是大爷呢？没办法，只好让步，签下这份“不平等条约”。

回到家，电饭煲里只有残存的几粒米饭，病怏怏地躺在锅底。冰箱里，只剩下叶子发黄的青菜。

每到这时，就会臆想厨房中有个她，穿着粉红色、上面有Hello Kitty图案的小围裙，一边哼着歌、一边烹制美味佳肴。不一会儿，几道香喷喷的美味上桌，色香味俱全。

不好，有一股焦味。从幻想的世界出来，发现锅内早已是焦煳一片。哎，谁让咱是销售能手、厨房菜鸟呢！看来，今晚又只好去门口的大排档对付晚餐，尽管知道那里的卫生状况堪忧，说不定用的还是地沟油。

就在我吃饭的时候，老妈又打电话过来谈论老问题了。“妈，我知道了，您放心，一定在明年回家时，给您带一个漂亮媳妇。”嘴上这么说，心里却在打鼓。

这顿晚饭，吃得很不消停。老妈的“逼婚大法”，早已升级到2.0乃至3.0版本。她不会直接说“你快点找个女朋友，快点结婚”，而是拐弯抹角把你引上这条“不归路”。

就在刚才，她不停说隔壁沈阿姨的儿子得了个大胖小子，粉嘟嘟的、很讨人喜欢。又用略带嗔怪的口气说：“不该经常去大排档吃东西，那些老板的心是蜂窝煤做的，钻进钱眼出不来，哪会管别人死活？要是有个人为你做饭，妈也不会这么担心。”

这些话就像一把把刀子，刀刀击中要害。我只好不停地承诺，来让母亲的“催婚大法”暂时停止。

怎么办？找女朋友，又不是买东西那么简单，只要有钱，就能在“某宝”上搞定。一个活生生的人，不可能按照商品交换规律“招之即来”。

和几位哥们聚会的时候，借着酒劲，心里话像倒豆子一般吐出来。

“兄弟，担心什么，早有人瞄准这个商机。租个女朋友回家不就得了？”彪哥一脸得意。

真的？那岂不是我等单身狗的福音？我赶紧让他给物色一个，最好姿色能有几分，尽管只是临时女朋友，但哥也好面子，不想在家乡父老面前丢脸。

## 2

走在大街上，我只能苦笑。

不是没有遇到过喜欢自己的女孩子。

还是读高中那会儿，一次晚自习时，桌子上出现一张纸条：“亲爱的杰，我暗恋你很久了。晚自习结束后，我们在图书馆门口见个面好吗？”，署名是“愿为你敞开世界的她”。

是谁？这么无聊。

马上要期末考试了，还玩这一套。我把纸条交给老妈，并保证不会和那个女生来往。恋爱这扇大门，就此彻底关上。

读大学后，依旧一门心思放在学习上。工作后更忙，和异性接触的机会很少。相过几次亲，都不是自己喜欢的那种类型。

都怪我随意挥霍桃花运。这下连老天都不高兴了。眼看已过而立之年，我依然是孤身寡人。希望不要成为那三千万光棍中的一员，女生们，救救我吧，救救我这个渴望爱情的人吧。

网上的事不靠谱，或许他们利用男生们的心理，找来几个容貌不错的女生，只为把你的钱骗到手。

于是我加紧相亲的步伐。尽管不喜欢相亲，觉得它老土、效率不高，找到心仪女生的概率很低。可还是不死心，万一真能找到呢。

又相了几次亲，在咖啡馆、在快餐店、在公园内。自认为在女孩们面前表现不错，甜言蜜语说了不少，从网上习得的恋爱秘籍也悉数用上。

效果，只能呵呵。希望、失望，新的希望、再次失望……心碎了，舔了舔身上的伤口，该干吗干吗去。

“杰，女孩子帮你找好了，要不要看看？”

彪哥不说，我还真忘了这茬。“彪哥，你办事，我还能不放心？”

“那我就先帮你付定金了。不过有些事要讲好，不能对人家动手动脚。她陪伴你这些天，所有吃喝开销由你负担。她会尽力配合你，不会提出其他无理要求，比如让你买价值不菲的金银首饰。为了让她尽快进入角色，你发给我一份个人简介，包括你的成长经历、在哪里工作、生活习惯、性格等，越详细越好。”

我照着做了，离春节假期只剩下一个月，不奢望在这么短时间内找到女朋友。据说多看美女的男人更容易长寿，我将彪哥发给我的女孩照片，作为电脑的背景图片。那女孩眼睛大大的，有一种难以名状的诱惑力。

腊月二十九，我在火车站台上不停看表。

约定时间早已过了，怎么还不见那女孩的踪影？一次次拨打那个号码，总是那句话：“您拨打的电话暂时无法接通。”

这些骗子，着实可恶。我们这些单身狗已经够可怜了，还要在伤口上撒一把盐。

没办法，只好独自登上南下的火车。这座熟悉的城市，渐渐被抛在身后。离家的距离在慢慢缩短，我却体会不到任何喜悦。怎么给妈一个交代？说好的女孩子呢？

“不好意思，刚才手机没电了，只好乘明天的同一班列车。到时候我们在火车站碰面吧。”总算联系到她了，顿时松了一口气。200元定金损失是小，被妈和七大姑八大姨拷问的滋味才是最令人难过的。只要她能来，晚一天无所谓，大不了在火车站附近的招待所对付一晚上。

## 3

“妈，这是我的女友莫莫。”莫莫长着一张瓜子脸，皮肤白白的，长发披肩。

“儿子的眼光真不错。”这句话说得莫莫的脸顿时绯红。妈赶紧让我们进屋，端出早就准备好的小点心。

吃晚饭前，母亲把我叫到一边：“儿子，你和她交往了多长时间。”

“大概有半年吧。”

“交往的怎么样？进展到什么程度？”

“还可以，再了解一下吧。”

“什么还可以？怎么还要了解？儿子啊，你也快要35岁了，时间不等人啊。趁妈现在岁数还不大，还有精力帮你带孩子，赶紧结婚生孩子。这个女孩不错，话不多，每一句都很得体。她刚才递红包给我时，我对她很满意。现在有多少媳妇能给婆婆红包？况且她还没和你结婚。能做到这点，证明她愿意和你过日子。其实过日子，不需要你们年轻人喜欢的浪漫。只要两人相互包容、能合得来，这日子就过得不会差。听妈的，赶紧和她敲定下来。”

“哦，知道了。”

这个好印象，一直持续五天。这天早上，我和莫莫外出逛街。这是莫莫提出来的，她说既然是情侣，如果整日待在家中不出去，肯定会穿帮的。她说得在理，我挽着她的手出门。这次她没有抗拒，尽管这有点违反彪哥所说的“不能动手动脚”那一条。

刚回到家，妈赶紧把我叫到一边，说有很要紧的话要说。我很不耐烦：“妈，有什么话不能当着莫莫说？”莫莫倒是很知趣，说还想出去转转。

妈把一张照片扔在我面前，语重心长地说：“儿子，妈确实为你恋爱的事操心，不过不能拿到碗里就是菜。这样的女孩，你怎么能和她交往呢？趁早和她断了，否则以后会吃苦头。”

几天前，妈还逼着我快点和莫莫结婚。怎么这会儿，突然调转枪头让我离开莫莫。我拿起这张照片，顿时明白一切。

原来妈今天早上打扫卧室时，发现床边的桌子上有只小包，下面压着一张照片。照片上一男一女，女的是莫莫，那个男的，却不是我。从照片上两人亲密的模样，可以看出莫莫和这个男的关系非同一般。

“真是‘知人知面不知心’，一脸善相的女孩子，还玩脚踏两只船的勾当。儿子太老实了，怎么连对方情况没搞清楚，就和她谈朋友呢？”

我只好宽慰她：“妈，或许这是她和前男友的合影，不要搞得如临大敌。”

妈愤愤地说：“儿子，你不懂女孩子的心思。她一直把这张照片带在身上，说明她放不下旧情。你在她身上花了时间和金钱，她却跟别人跑了，你怎么办？你别担心，现在社会上剩女这么多，我就不信你这么优秀，会找不到老婆？”

“妈，你别说了，这件事我会处理好的。你乱翻别人的东西，被莫莫看见多不好。”

妈跺着脚说：“到现在你还在为她说话，怎么就不明白妈的苦心？天下哪有做妈的，让儿子吃亏的？”

到这步田地，我只好告诉她莫莫不是我女朋友。

“你说什么？说清楚点，妈给你弄糊涂了。”

“好吧，那就说得再详细一点。我和莫莫事先约好，她当我的临时女朋友，租期十天，每天有200元酬劳。至于进门时莫莫给的红包，也是我自己的钱。”

得知我要的花招，妈狠狠数落我一通，还让我立即把莫莫赶走。一刻钟后，莫莫回来后，看到妈铁着脸看她。她不吱声地走进我的卧室，轻轻地说：“你妈都知道了？”我点点头，木然地看着她。

“那我离开吧，省得你妈说闲话。只是你已经给我的酬劳，我无法还给你。”

“说什么还呢？这件事都怨我，和你没关系。”

“不，怨我，我不该把照片带在身上。”

莫莫出门的那一刻，我突然发现她眼圈红红的。我不知道该怎么去安慰，只好目送她渐行渐远的身影。

**4**

年过完，随着春运大军回到这座城市。因为接了一个大项目，连续几天几夜不回家。累了，就趴在桌上小憩一会儿。忙了整整一个星期，终于把所有报表都赶完。是该到外面走走，呼吸一下新鲜空气了。

虽然是冬春之交，天气依旧寒冷。六点多的街道行人还不算多。只有几个小吃摊旁，有人在忙碌。忽然，我看到一个熟悉的背影——莫莫。

莫莫也看到我，本能地将脸侧过去。

“莫莫，你怎么会在这里？你不是有工作吗？”

莫莫无奈地说：“工作，丢了。公司裁员，我是新进员工，所以没留下来。只好出来摆个摊，赚点钱养活自己。”

我问她，离开他家前是不是哭过？这句话，似乎一下子戳到莫莫的痛点。眼泪，顺着脸颊缓缓落下。“不要，莫莫，你别哭呀。我不问还不行吗？”

莫莫抹了抹眼泪说，照片上的男生是她男友。那男生对莫莫很好，把她当公主一样捧在手中。就冲这一点，莫莫就决定跟他一辈子。

可是，男生为了赌球，丢了工作，挥霍近百万元的积蓄，还欠下一屁股债。莫莫可怜他，用工作挣来的钱养活他。好几次，莫莫苦口婆心地劝他。他当面答应，背后又拿着莫莫的血汗钱去碰运气。

就连我给莫莫的1000元酬劳，莫莫也给了她。莫莫临走前一会儿，又接到这个赌鬼的电话，再次问她要两万块。他装出一副可怜模样，说如果钱不到位，他的性命就不保。

这次，莫莫的心彻底寒了。她挂断电话，决定彻底和这段恋情挥手作别。

可是，感情的事，哪能这么容易说放下就放下？梦境中，莫莫还是会梦到和男友的甜蜜时刻。从梦中回到现实，莫莫只能以泪洗面。

几天前，他收到老家传来的消息，身患癌症的父亲去世，弟弟在玩耍中不小心跌入水潭中，救上来时已经没了气息。在这个世界上，她已经没有亲人。

我听不下去，把钱硬塞到莫莫手中。“这点钱，可能也帮不到你什么。如果你还有什么困难，尽管来找我。”

“这怎么行？你和我没有什么关系，我的事怎么能麻烦你？快把钱收回去。”

“你能做我‘租来’的女友，也是一种缘分。我不会见死不救的。”

莫莫只得把钱收下，眼里依旧露出无尽的哀伤。

此后几个月，莫莫的银行卡里会收到我汇来的钱。在我的帮助下，她慢慢从阴影中走出来。

周末，我收到了一张汇款单，还有一封亲笔信。汇款单上的数额，是这段时间我资助莫莫的钱。而信上，则是莫莫对我的感谢。她感谢我在她最困难的时候拉了她一把。要不然，她也不知道自己会不会走极端。不过，她还是决定离开，希望我不要再来找她。

娟秀的字迹，还有那个娇小的身影，我决心去找莫莫。一定要找到她，哪怕是天涯海角……

如果能再次遇见她，我会对她说：“不好意思，恋爱二缺一，你捧个场吧。”

# 我和你之间，还隔着一个她

提交辞呈时，珊珊比我还难过。她梨花带雨，反复劝我收回成命。但覆水难收，为了她，我必须“断送”自己的美好前程。

## 1

珊珊比我小一岁，一米六五的个子，圆脸，眼睛偏小，戴着一副粉色边框的眼镜。由于上衣穿得时间过长，本色渐渐褪去。珊珊就是一个很普通的女生，会瞬间淹没在人群中。

读书时，我在很多学弟学妹眼中是“神一般”的存在：多次获得省、市、校级奖学金并担任学生会干部，还组建记者社，带领一群志趣相投的同学办起一份刊物。社团成立第二年招新的时候，报名者众多，珊珊便是其中一个。估计她是慕名而来，想看看那个被“奉为传奇”的人是谁。

招新后的第一次社团大会，选举大一新生的负责人。尽管台下坐着一百五十多人，竟无人响应。我脸色有些难看，就在下决心亲自带领这群菜鸟时，珊珊缓缓站起来：“如果大家不嫌弃，我来试试吧。”

她说话的声音并不好听，然而这一刻，却是我听到过最动听的女声。

抚摸着散发墨香的报纸，悄悄瞥了一眼趴在桌上打瞌睡的珊珊。

睡梦中的她，嘴唇上扬，带着淡淡的笑容。

为了这期报纸，她和我整整两个夜晚没有合眼。不忍心吵醒她，悄悄为她披上一件衣服。她是我的左膀右臂，有了她，管理几百人的社团轻松不少。

只是还未捅破那层窗户纸，尽管爱的氤氲早已弥漫在心房。

家庭背景和曲折的成长经历，我担心给不了珊珊幸福。

两岁那年，感情破裂的父母离异，母亲离家出走。当时父亲工作很忙，爷爷刚刚过世，我是奶奶带大的。

十六岁时，父亲因心肌梗塞突然离世。奶奶已年逾古稀，患有严重的糖尿病，我是家里唯一的男子汉，应该担当起责任。就这样，我开始这场“隔代反哺”。

2007年夏天，我的高考成绩，报考一所重点高校绰绰有余。可是如果离家去外地读书，家中剩下年迈的奶奶，我放心不下。而填报当地几所高校，内心的欲望又蠢蠢欲动。经过几天慎重考虑，我选择新闻专业实力并不强的S大学。当时S大学可以走读，能保证每天下课后回家与奶奶团聚。

家人的惋惜，朋友的轻叹，从我身边轻轻地划过。能照顾好年迈的奶奶，是我最大的心愿。

有些场景一生难忘。

学校离家十多公里，一大早就要出发。东北的冬天，清晨五六点，天空还一片漆黑，冷得让人瑟缩。

有一次从自行车库出来，下意识回头向阳台瞟了一眼，却发现阳台的灯亮着。灯光映衬下，透过窗户的霜，我看见奶奶的身影。她目送我远去，只穿了一件衬衫，连外套都没披上。若不是偶然发现，这一切之前根本不知道！原先还以为奶奶没醒，其实她怕我惦记而假装睡着。但她又在惦念，偷偷地目送我！一瞬间泪如雨下。热度并不充分的阳光洒在我身上，更坚定让奶奶安享晚年的想法。

珊珊的出现，却让情感天平出现偏差。我很想进入她的世界，然而奶奶蹒跚的身影，始终像一条无形的绳子牵着我。

## 2

社团文艺会演，全校100多个社团，每年一次的嘉年华。由我亲自操刀，一个反映食品安全问题的小品新鲜出炉。

大学生活动中心的底楼大厅。珊珊比我来得还早，整个大厅就我们两个人。就在四目相遇的一瞬间，我克制不住内心的荷尔蒙："珊珊，有一句话，始终埋在我心里，一直想说出来……"珊珊性格直爽："说啊！"我咽了一口唾液："我喜欢你，能不能做我女朋友？"她收起往日的干练，很害羞地说："好吧。"

后面的演出场景，随着时间推移慢慢被稀释。我和珊珊相拥在操场上，肉体和灵魂都贴得很近。我没有闭上眼睛，望着天上那轮圆盘。这个月圆之夜，注定将一辈子刻在我的记忆中。

从新闻专业毕业后，我如愿通过"公考"进入规划和国土资源管理局，担任"局长秘书"。我尽力做好手头的事，几位领导对我还算赏识。一些重要场合，都陪伴在领导身边。然而奶奶一场重病，彻底改变我的人生轨迹。

2012年元旦刚过，一天晚上，奶奶忽然晕倒在卫生间。经诊断，她患有多腔隙脑梗死，三级心力衰竭，肺内积液，病情不容乐观。医生将我叫到办公室，慢条斯理地开具病危通知书，郑重地说："你奶奶需要切开气管，戴上呼吸机，不过只能拖一天是一天。"

我不能接受这个事实，辗转三家大医院，得到的结果一致，总共收到三家医院开具的三张病危通知书。

要不要进行手术？听了几位亲戚的意见，决定让奶奶接受保守疗法。既然被"判了死刑"，就不要再切开气管让她受罪。奶奶已经85岁高龄，即使要离开这个世界，也让她走得安详些。

心中还存着一份侥幸。人在绝望时，常常会爆发出惊人能量。把奶奶接回家用心照顾，或许真会发生奇迹！

就这样，我在出院承诺书上郑重签字。我是新闻专业出身，此前没有照顾病人的经验，奶奶又是高危病患，究竟如何照料？此外，繁忙的本职工作，经常会有突发任务需要加班。很多人建议我找专业护工，但护工终究不是亲人，多少有些不放心。尽管雇人照顾奶奶，工作可以保住，却会错失与奶奶在一起的最后时光。奶奶付出那么多，如今只剩下这点时间尽孝，错过会留下终身遗憾。

只有辞职这一条路。单位领导为此找我谈话，极力挽留。我只得撒谎，说眼睛出了问题，不适合继续工作。

不敢把这一切告诉珊珊，怕她一下子接受不了这件事，想用一种更合适的方式告诉她。我太爱珊珊，不想失去她。

天下没有不透风的墙，珊珊通过其他渠道知道我辞职的事。她很心疼地说：“你在工作中顺风顺水，现在放弃会后悔的。”

我抚摸她飘逸的秀发说：“我挺喜欢这份工作，但我不能不管奶奶呀。”这句话，让珊珊不好再说什么。

好几天，我和珊珊都没有联系。打电话，手机无人接听。微信、短信，没有回复。

我害怕、惶恐，这道珊珊和奶奶之间的选择题，让我无从落笔。

好在几天后，珊珊又回到我身边。她递给我一张纸，笑靥如花地说：“你看看这是什么？”

退工单？

“珊珊，你是不是疯了？”

“你是男人，很多洗洗涮涮，比如给奶奶洗澡，你根本做不了，我不辞职帮你，行吗？”

珊珊的话，一下子戳中泪点。想起那些“宁愿在宝马车里哭，不愿意在自行车上笑”的拜金女，我更体会到珊珊的珍贵。中间夹着一个奶奶，除了尽孝道之外，我一定不能辜负这份感情。

## 3

现实生活，没有留给我们太多甜言蜜语、卿卿我我的时间。首要问题，就是找到照顾奶奶的有效方法。

辞职当天，我买了很多护理学的专业书籍。经过几周昼夜攻读，掌握了护理的基本理论知识，对随时出现的症状能做出基本判断。

光有理论还远远不够，插胃管、尿管和吸痰需要慎之又慎，只有充足把握才能在病人身上操作。即便在医院里，也不是所有护士都能上手。为了能尽快学会给奶奶插管和吸痰，我跑到医疗器械市场买来制氧机、吸痰机、导尿管、胃管等专业的护理器材，但在给奶奶操作之前，要反复实验。可谁的身体愿意让你随便实验呢？

没有人选，只有自己！

珊珊无法说服我。在她眼里，或许我就是一个疯子。然而她爱这个“疯子”，她只能不停地抹眼泪。

我的眼睛没有离开电脑屏幕，反复观看护理学网站上的教学视频。那些医疗器械，静静地躺在角落里。明天将是疯狂的一天，今晚是“暴风雨”前短暂的平静。

天亮了，肚子很饿。

从昨晚开始，我就没怎么进食。今天的插管试验，如果胃里有食物，危险系数会大幅度增加。

一次又一次说服自己，开始小心翼翼地拿起一只胃管，从鼻子一点点插入身体。胃管刚进入鼻孔，心跳随即疯狂加速，到喉咙处开始剧烈灼痛，然后是难以忍受的呕吐。我只能把胃管从鼻子里边拔出来，上面已被鲜血染成红色。因为胃管在插入过程中划伤喉咙和食道，这次试验失败。

从那开始，我对胃管产生更加恐惧的情绪。但我不能放弃，因为放弃它就等于放弃奶奶！强忍胃管一次次划破食道的疼痛，一次次把它插入身体，五次、十次、十五次……

终于，从胃管中抽出自己的胃液，说明胃管已经在胃里。那一刻，我在绝望中看到希望，这是一种带着悲伤的喜悦。

拿自己做实验时，珊珊就在身边。从内心深处，她想阻止我的疯狂举动。然而，她只能在心中默默祈祷，祈祷上苍保佑我平安无事。她不能表现出紧张和忧虑，任何外界干扰，都可能对我造成影响。成功的那一刻，她掩面而泣。

经过几个月的磨合，我的护理技术越来越成熟。制氧机、吸痰机、导尿管、胃管这些专业设备，在我手里变得很听话。给奶奶插导尿管，不会出现尿路感染，还能定期进行膀胱冲洗。这个“家庭病房”初具规模，奶奶足不出户，就能享受半专业医疗服务。

挺过护理技术这一关，经济问题又让我和珊珊犯愁。

两个人都辞掉工作，没有收入来源。此前存的一些积蓄，也在大半年之后，被彻底耗完。我和珊珊商量,必须在照顾奶奶之余，想办法挣些钱来维持生活。一个偶然机会，我发现一种立体的拼插玩具，能拼出各种漂亮的小房子、小汽车，小孩子应该对此很感兴趣。通过网络联系到批发商，进货后到家附近的夜市摆摊售卖。

第一次摆摊，都不好意思开口叫卖。从局长秘书到街边小贩，人生落差实在太大。害怕遇到熟人儿，更害怕被同学和原来的同事嘲笑。珊珊以前也没干过这种活儿。然而生活不是一个仁慈的老人，他逼着我们去做这件事。

这天晚上是珊珊守地摊。刚回到家，她就沉默不语。换做以往，她会和我交流一些情况。一定是遇到什么事？我关切的眼神，让珊珊彻底卸下内心的防御机制。

“都怪我不好，被人骗走和偷走了一千多元。”珊珊不停地捶着脑袋，眼泪顺着脸颊滴落下来。

就在一个多小时前，几个二十多岁的年轻人出现在摊前。他们染了头发，胳膊上还有文身，一看就不是什么正经人。

珊珊心里很紧张，生怕对方是来找茬的。情况出乎意料，一个胖子询问价格后，递给珊珊几张整钱。“这么晚还摆摊，真辛苦啊！”一个矮个子很关切地说。

这句话，瞬间击中珊珊的伤心处。和她要好的闺蜜，嫁了一个条件很好的男生。不仅不用上班，每天在家也能做自己喜欢的事。读书时，珊珊喜欢舞文弄墨，经常有稿子在各类刊物上发表。然而决定和我在一起，她不得不远离文学，远离阳春白雪。这苦日子，不知道哪天是个头。

珊珊和几个小伙聊了足足有二十分钟，最后找给对方几十元钱。等他们拿着玩具和找零走远，她才猛然反应过来，一切都晚了。

这些人就在和她唠嗑期间，不知不觉抽回此前递给她的钱。这一笔生意不仅赔了几百元的玩具，还白送别人几十元。

祸不单行，她颓然收摊准备回家，没想到被一双“黑手”盯上。由于背着大包玩具，根本注意不到背后的情况。就在上楼取钥匙时，她没发现自己被掏了兜，五百多元现金不翼而飞。

我怎么能责怪珊珊？她一个女生，晚上还在为我、为奶奶、为这个家忙碌。丢了钱，不是她的过失。要是我有能耐，也不该让她如此受累。

我把珊珊搂在怀中。她的双手冰凉、额头上有细密的汗珠、两侧脸颊挂着泪珠。我轻轻为她拭去汗珠和泪珠，深情地说了一声：“对不起，让你受苦了。”

就在这时，奶奶醒了。我们只好暂时分开，赶忙去照应不停咳嗽的奶奶。

地摊还要摆下去。为了应对各种突发情况，摊位不能摆得太远，就在我家的楼下。我和珊珊合理分工，确保有一人在奶奶身边。后来再未发生如此悲催的事，玩具小摊的生意慢慢好起来，从每天挣几十块，到后来每天挣几百块，生活状况终于改善。

## 4

一年后，奶奶的身体状况突然变得很差。有一次，痰液在奶奶喉咙处淤积，让她喘不过气来。此前没有遇到类似情况，我和珊珊手忙脚乱。

幸好隔壁邻居家来了亲戚，其中有一家大医院的主管护师。听到我家传来的异响，赶紧过来帮忙。经过紧急处理，奶奶总算转危为安。

上网查询相关资料，不禁惊出一身冷汗。一旦痰积聚在喉咙处形成窒息，吸痰抢救时间只有一分钟。

为了能第一时间抢救，我又决定“拿自己开刀”——用自己身体实验，与珊珊配合练习抢救措施。这次试验，比上次插胃管试验相对容易一些，因为有了一年多护理经验。此后，奶奶出现过近二十次危险情况，均被我和珊珊在最短时间内抢救成功，甚至连120急救医生都竖起大拇指。

和珊珊在一起快六年，终于修成正果。2014年金秋，我和珊珊在民政局登记结婚。没有举办婚礼，新婚之夜，依然是和奶奶一起度过的。

到了2014年底，奶奶的意识逐渐清晰，不仅可以说话，还能简单聊天，又过了近半年，她几乎完全恢复正常思维。奶奶能有这些变化，都是珊珊和我辛苦付出得来的。

我付出是出于亲情和孝道，而珊珊衣不解带的照顾，则让我为之动容。她早已把奶奶当作自己的奶奶，悉心帮奶奶洗澡、处理奶奶的排泄物。她还会尝试制作各种美食，每天到了吃饭时间，把这些美食摆放在奶奶眼前。她要用这些美味，去刺激奶奶的味觉神经，恢复奶奶进食的欲望和功能。

这天，珊珊炸了一只很大的鸡腿，故意在奶奶面前做出吃得很香的样子。奶奶居然开口对她说：“我想吃你做的鸡腿，行不行？”

话音刚落，珊珊激动得差一点把整个鸡腿掉到地上。她咬下一小口鸡腿，小心翼翼地塞到奶奶嘴里。

由于一直靠流食，很久没有靠嘴吃饭，奶奶在像小孩学吃饭一样，一点点咀嚼，很小心地咽下去。就这样，奶奶的吞咽的功能开始逐渐地恢复。慢慢的，奶奶摘掉胃管，可以像正常人一样喝水吃饭。

当天晚上，我特意买来一瓶红酒，和坐在对面的珊珊对饮。

这几年，我们过得都很不容易。即便休息，都是一个在床下，一个陪奶奶在床上。为防止奶奶生褥疮，每天给奶奶翻身很多次，到了晚上，睡觉都得排班，通常上半夜是我睡觉，下半夜让珊珊休息。长期睡眠不好，我们眼圈发黑、白发增多，还出现高血压的情况，常常头昏脑涨。

有一次，我晕倒在客厅，舒张压高达160mmHg、收缩压也110mmHg。整整一周时间，我没出去摆摊。珊珊一面照顾我，一面照顾奶奶，那段最艰难的日子。真是难为她了。

喝到尽兴时，我问珊珊，我只是loser一枚，你究竟看上我哪一点？她是这么回答的：“一个人如果孝顺，别的方面肯定差不了，我就认可你这一点。”

借着酒劲，我把所有真言都吐露出来：“从相识到结婚，尤其是照顾奶奶的这段日子，我没能力给你什么或承诺什么，甚至结婚都没有举办婚礼。这是我心中深深的痛，我会在今后的日子里，倾尽所有，用心呵护你。”

珊珊握着我的手，久久不愿松开。

2016年初，我站在“感动S市人物颁奖晚会”的舞台上。令我意想不到的是，晚会导演组为我和珊珊举办了一场特殊的婚礼。在亲朋好友以及热心观众的祝福中，补办了这场迟来的婚礼。

那天晚上，奶奶高兴得落泪，这是她生病后第一次笑得那么开心，甚至一夜都没合眼。

我和珊珊站在河边的大道上，旁边是坐在轮椅上的奶奶。她的精神状态越来越好，才有机会出来踏青。草坪和座椅上，躺着或坐着一对对情侣。

珊珊一头飘逸的秀发中，掺杂着几根白发，而奶奶早已满头银丝。我和珊珊之间，还隔着一个奶奶。不过，这并不影响我和珊珊的恩爱。近两千个日夜的不懈努力，我们已经趟过“万水千山”。

# 第四章 我就不信，真爱不会来敲门

30岁，放马过来吧
我不要嫁入豪门，我自己就是豪门
幸福是个拖拉鬼
一颗心，在美的世界中小憩
对的人，多晚遇见都没关系
你的傻，在我眼里价值千金
我很胖，但我很温柔

# 30岁，放马过来吧

## 1

一直对颜值自信满满，未曾想30岁时还单着。看着别人成双作对的，心里酸酸的。

这世道，剩女多如牛毛，等待男人们来拯救。无奈渣男也多如繁星，总不能把自己当添头随便送出去吧。

前一阵子，还为这事和妈妈吵了一架。妈妈指着我的鼻子，恨恨地说："你挑来挑去，究竟想干什么？咱家里这个条件，还能找到亿万富豪？再折腾下去，你就没人要了。"

哎，知道妈妈为我好，但这件事上不能妥协。母女间的冷战一直持续。

家里待不下去，只好和几个同病相怜的"战友"逛街。买衣服，不管家中早已"衣满为患"；吃东西，不管减肥大业是否就此夭折。我就这样作践自己，用灯红酒绿、热闹喧嚣麻木心中的痛。

但伤口不会消失。

夜深人静时，卸下所有伪装和掩饰，最本真的自己赤裸裸地暴露在眼前。

不是没爱过、疯过，长达八年多的初恋，几乎耗尽身体中的激情。累了，我需要喘息一会儿，需要这个间歇期。

谁知这一停顿，就让自己成为“滞销品”。

初恋，总是嘴里那颗化不掉的奶糖。那年，我才高二，是个听老师话、听父母话的乖乖女。就在全国物理竞赛辅导班上，我遇到了有些木讷的他。起初，对他不来电。不会说好话，不会制造小浪漫。

但他像一坛陈酒，历久弥香，越搁越有滋味。心甘情愿围在他身边，似行星边上那颗不离不弃的卫星。

那次竞赛，我们都得了一等奖，随后被保送至某知名大学的理科基础班。老天都在帮我们，想尽办法让我们在一起。褪去高考压力，他变得开朗、阳光，或许这才是最真实的他。更让我暖心的，是他总能在我最迷茫、最需要呵护时，一直陪在我身边。

只要一个电话，他就会屁颠屁颠地过来，呵呵一脸傻笑。他的出现，总会让心中的阴云散开。特别是那条他送给我的淡咖啡色的围巾，大学四年一直陪伴着我。

## 2

就让我省去这中间狗屎的恋爱剧情。虽然有过小波折，但和其他校园恋情并无二致。

反正在其他人眼里，我们就是天造地设的一对，郎才配女貌。

世上并不缺少美女、帅哥，学霸也不是稀缺物种。但能把两者结合在一起，难免会勾起其他人的羡慕嫉妒恨。我们成为他人口中的“别人的男朋友”“别人的女朋友”。

很快就要毕业了，命运逼我们做出选择。他考出不错的GRE（美国研究生入学考试）、GMAT（研究生管理科学入学考试）分数，拿到几所常春藤高校的录取通知书。我也不含糊，本校硕博连读。他有过犹豫和挣扎，毕竟异地恋没什么好结果。不过全额奖学金的诱惑，他只能做出这样的选择。

送他去机场的路上，我一直都没说话。这种时候，说什么话都是多余的。就在他进入登机口的那一刻，眼泪还是不争气地流下来。

说好不哭的，还是没忍住。

我要等他回来，哪怕出现再好的男生，也不能见异思迁。

国外的研究生读得很苦，哪像国内“放羊式”的培养模式。我们联系越来越少，他像断了线的风筝，早已不在控制范围内。QQ头像一直暗着，发过去的短信也没有回复。很想直接打国际长途，但怕影响到他。

几年后，他回到我身边。不过，他已经不是曾经的那个他。国外求学经历，让他的眼界开阔不少。

我们之间的隔阂越来越大，我越来越和他说不到一起。工作成为他生活的重心，其他事，都要让步。我们在一起的时间很少，到最后只靠手机联系。最终，他先提出分手。我想也没想就同意了。

八年初恋，看似漫长，实则到后面已经稀释得只剩下白开水。失恋并没有给我留下什么创伤，相反是一种放下。好吧，一切重新开始。我开始热衷相亲。老妈立刻来了兴致，时不时把相亲对象塞过来。

## 3

前前后后见了十多个人，各种脾气、各种性格的都有，算是读完一本小型人生百科全书。

第一个相亲对象是个富二代，家里条件好得不得了。去相亲前，就担心是个纨绔子弟、花花公子。推荐人再三保证，绝不会像你想的那样。人家正规大学毕业，还去国外深造过，人品很端正。就冲这一点，本姑娘倒要去看看。

见面地点是家意大利餐馆。二十几平方米的包房，就我和他两个人。桌上放着炖牛骨髓、米兰炸小牛肉等大菜，还有我喜欢的提拉米苏。他很晚才到，比我整整晚到半小时。

如能说明理由，也算有个交代。他倒好，一屁股坐下，随意瞥了我一眼，很轻飘地说："来了多久了？"

一般相亲总是男生等女生，晚来还这么耍大牌，真是不可理喻。本想立刻抽身离开，碍于介绍人的面子，决定再瞎扯一会儿。

或许他把相亲当作面试员工，一上来咄咄逼人，直接对我查起户口。工作单位、家庭情况、工作收入、个人爱好……问得真够详细，一个细节也不放过。

我不是下属，凭什么忍受你的臭脾气。不过桌上这么多美味，不吃可惜。那就开吃，免得饿肚子回去。

见我吃相这么难看，他又说，要嫁入他家的女孩不计其数，不过他一个也看不上。如果你想和我结婚，一切都要听我的，还要签一份协议，保证不对他家的财产有野心。

拜托，嫁入豪门的馅饼，我可不接。真和他结婚，那还不得做个二等公民，事事仰其鼻息，一天到晚无法抬头做人。让那些拜金的女孩子追求你吧，我可不想毁掉后半辈子的幸福。

富二代为相亲之路开了“好头”，第二个遇到的人比他更奇葩。他是一家IT公司员工，在浦东张江工作。张江男，典型的经济适用男，比较适合过日子。

看在这个身份上，把自己打扮得花枝招展，光鲜地送到他面前。

刚和他说了没两句，他就开始动手动脚。可能是他故意失手，把东西掉在我脚下。弯腰捡东西的当口，他趁机摸了一下我的脚。那是夏天，我光脚穿着一双凉鞋。从小到大，从来没有异性触碰过这个敏感部位。

身体顿时一激灵，心跳突然加速。他要干吗？要不是和他相亲，我直接喊臭流氓，外加一个响亮的耳光。“你的脚真嫩，保养得真好。”他还不忘夸我一句。不过，这样的夸赞听上去很恶心。糟了，看来遭遇猥琐男了。

吃完饭，又去看了场电影。电影情节很感人，赚取我不少泪水。他不停递纸巾，这点倒是为他加分不少。

不过好感很快消失。

散场时，他一把抱住我，不顾一切地想吻我。

我没忍住，用手扇了他一下。他被打蒙了，木木地看着我。

我不是那种很随便、很低贱的女生，这么容易就和男生发生肢体接触。他这也太猴急了，想想以后，很可怕。回家后，不忘数落老妈几句，你差点把女儿送到色狼嘴中。

后面的相亲经历，不再详述。反正能想到的、不能想到的桥段，都发生了。

有的男生相亲时一直玩手机，不论我说什么，他都没有回应，仿佛他和手机在谈恋爱；有的男生从头到尾在说自己，不顾我的感受，恨不得把成长经历都讲给我听；还有的男生身边陪着母亲。对于这样没断奶的人，怎能把后半生托付给他？今后要是发生什么矛盾，他还要把婆婆搬出来。这婆媳关系，怎么相处？

## 4

还有一个月，我就将迎来三十岁。

镜子里的自己，依旧那么年轻美丽。论学历、收入，绝对是金字塔塔尖。为什么在情场中，我却一次次失意？或许，就是因为我太优秀了，这才显出那些男人的拙劣。他们配不上，为什么我要将就？我只好这样安慰自己。

尽管社会给我们这个群体巨大压力，但不能轻易放弃标准、降低底线。婚姻不是儿戏、找男人不能拉到篮子里就是菜。还是要有耐心，等待那个合适的他出现。这一刻到来前，完全可以多一份自信，把日子过得有滋有味。

于是，我办了一张健身年卡。在热血沸腾的氛围中，燃烧体内多余的脂肪，让赘肉和小肚腩消失。

节假日，背起行囊出行，让灵魂寄情于山水间。

夜半时分，就着昏黄的灯光，手捧书卷，听着轻音乐，让思想与大师共舞。

终于把日子过出诗意，也不枉这一场青春。

三十岁，放马过来吧。本姑娘不再害怕你的鞭策，因为幸福就在未来的某个时刻等着我。

# 我不要嫁入豪门，我自己就是豪门

## 1

“凌凌，晚饭去哪里吃？”

“哦，好的，就去那家新开的火锅店，六点不见不散。”

看完这部被称为“烂片中的战斗机”的影片，沈婷打着哈欠走出影院，下一站是隔着租住房两条马路的火锅店。

这几年的周末，她常常独自一人来看电影。据她自己所说，这叫“以毒攻毒”——眼前都是秀恩爱的场景，再也不会对单身狗的事实自怨自艾。

在这座大得难以想象的城市，沈婷只是一个漂泊者，一棵没有根的浮萍。

她出生在二线城市，通过高考“鲤鱼跳龙门”。毕业后，专业知识没有兑现成体面的工作。这年头，专业对口堪比彩票中奖。她在一家私营企业工作，负责一些鸡零狗碎的活儿，对生活的激情也被糟践得不成样子。

“孩子，你一个人在大城市里，我们都不放心。另外，我和你爸身体不太好，希望尽快看到你成家，有个知冷知热的男人疼你。”

春节回家，沈婷又一次被催婚。每年回家，类似场景都会上演。她不过二十七岁，要是在当地，可能孩子都六七岁了。

“好吧，我一定在明年带个男朋友回家。”

但她却一次次食言。男朋友，你究竟在哪里？深夜时分，沈婷闷在被窝，脑海中浮现出一张张帅气的面庞。

回到这个既熟悉又陌生的大都市，沈婷早上六点多出门，和大多数上班族一样，挤在沙丁鱼罐头般的地铁车厢内。

地铁上的电视屏幕，播放着万人相亲大会信息。就在这个周六，在市郊的大型绿地上，将举行一场万人相亲大会。参会者没有年龄限制、没有地域限制，只要是单身，就能去那里寻缘。

换做以前，沈婷对这类信息肯定会忽略不计。可是这次，她在到达公司的第一时间，就将万人相亲大会的信息输入手机备忘录。

“哟，我们单位的大美人要去相亲啊！”那个脸上有着雀斑的女人，说话中带着酸酸的语气。隐秘信息被别人看到，沈婷有些尴尬，不过很快莞尔。

老娘就是去相亲，怎么了？就是明天结婚生孩子，也和你没关系。

不过从嘴里说出来的话却是另一番模样：“不是，我还年轻，怎么会过早考虑个人问题？”单位里竞争激烈，要是被人知道有恋爱、结婚的趋势，可就不太好了。

## 2

周末的地铁车厢，显然空了很多。列车驶出黑暗隧道，一缕阳光从车窗外射进来。平日里由于人群拥挤，根本没有闲心欣赏美景。现在没有赶时间的压力，他看着高架下面的人流和车流。那是一股股既混乱又有秩序的洪流，在自己的脚下蔓延。

出了车站，沈婷刚准备过马路，突然听到一阵急刹车声。惊魂未定，车内探出来一个男生：“不好意思，没吓到你吧。”

“你说呢？要是再往前走一步，或许就是你的车下之鬼了。”沈婷嘴快，一生气说话速度更快。

男生从兜里拿出几百元钱：“小姐，这点钱给你压压惊。”

沈婷生气地说：“你这是什么意思？当我是叫花子啊！”

男生把钱收起来，一脸无奈地说：“那您看怎么办呢？”

沈婷一看手表，不好，万人相亲大会就要开始，不能再磨蹭下去。看到她手中万人相亲大会的入场券，男生双手做出一个“请”的动作：“要不我送你去市郊绿地吧！正巧我也去相亲。”

这次沈婷没有拒绝，乖乖钻入车厢。

下了车，沈婷没有任何感谢，把男生远远甩在身后。

相亲大会已经开始，男女嘉宾各自在寻找感兴趣的对象。

沈婷在人海中大浪淘沙，和几个人简单聊了几句，都不太满意。有的缺乏阳刚之气，太娘，以后要是在一起，缺乏安全感；有的太强势，大男子主义倾向严重，今后估计只能像日本妇女那样低三下四；还有的太过自恋，自说自话地讲着兴趣爱好，完全不顾对方是不是愿意听下去。和这样的人多待一分钟，精神就会增加一分崩溃的危险。沈婷累了，坐在一张椅子上休息。

“美女，看来我们真有缘。我叫陈子轩，要不我们聊一会吧。”那个载她来相亲大会现场的男生，赫然立在面前。

“怎么又是你？没兴趣，快走吧，我正准备离开呢。”沈婷从包中拿出一瓶饮料，孰料瓶中已是空空。

“你稍等，我帮你去买一瓶。”才几分钟，一瓶青柠味脉动就递到沈婷手中。

沈婷也不害怕，不就聊几句吗？谁怕谁啊！你又不能吃了我！

结果这一聊，彻底颠覆沈婷对富二代的印象。他对自己喜欢的几位作家的作品，都有比较深刻的见解。看样子也是文艺青年。

## 3

回到租住房，沈婷手机上出现一条消息：“下个周末有空吗？我们一起去看个电影。”

沈婷没接这茬，公司下周安排她去外地出差，验收某个项目执行情况。她很粗暴地回复两字：“没空。”

手机屏幕上出现一个小男孩，一脸怨念地看着自己。出差中，她每天会收到陈子轩的微信，既有一些搞笑的段子，也有一些健康保健知识。

“恭喜你啊！摊上痴情的富二代，就把自己嫁出去吧。女人的青春很短暂，不抓住机会，以后会后悔的。”闺蜜凌凌的态度很明确，现在就是出手的机会。

沈婷的观念还是很传统，不想随随便便把自己送出去。她没有回复这些消息，看对方下一步会采取什么行动。

这天下班，沈婷刚走出办公大楼，就看到那辆黑色宾利。这辆车，她再熟悉不过，就是烧成灰也能认识。“你干吗？搞得像个幽灵似得，不要一直跟着我好吗？”沈婷一扭头，朝着另一个方向快步离开。

背后，陈子轩大声喊道：“别这么急走啊！听我说完几句再走也不迟。如果怕耽误时间，我开车送你去。”

沈婷转过身，板着脸说：“有话快说，别耽误本小姐宝贵的休息时间。”

陈子轩从西装口袋中掏出一个精致的红色小盒子。打开盒子，一枚钻戒闪着耀眼的光芒。

这家伙，这么单刀直入，直接送定情信物，怎么也不问问我的想法？不能被他这么轻易收入麾下。

沈婷继续冷冷地说：“什么意思？对不起，本小姐无功不受禄。”

陈子轩突然跪在地上，把钻戒举过头顶：“从那次马路上偶遇，我就被你清纯美丽的气质所吸引。你和其他女孩子不一样，不拜金、不趋炎附势。我会一辈子保护你、呵护你，永远不会变心。”

永远？这个字眼那么熟悉。估计每个向女孩子表白的男生，都会加上这个不靠谱的形容词。男人就是变色龙，谈恋爱时，把女生捧成公主，含在嘴里都怕化了，可是一旦追到手，女生立刻从公主变成黄脸婆，只能忍受不断降温的婚姻。

“让我再考虑一下吧。这么大的事，不能马上答应你。”沈婷也算给陈子轩留了后路。

回到出租房，沈婷的内心像一条奔腾不息的河流。天下突然掉下来一个富二代，砸得她有些头晕。

闺蜜凌凌回来了，看到愁眉不展的沈婷。“怎么啦？谁欺负我的婷婷，看我去找他算账。”

“没什么，只是感情上遇到烦心事。”

“说出来吧，我们姐妹间还有什么可隐瞒的。”

听完沈婷的陈述，凌凌啐了她一口：“好你个沈婷，简直暴殄天物啊！这么优秀的男生，又是个富二代，对你还这么上心！沈婷，别再犹豫了。如果你不上，就留给我吧。”

沈婷一把推开这个“拜金女”：“去你的，你不觉得奇怪吗？他一个富二代，我一个穷打工的，两者经济社会地位相差悬殊，他凭什么喜欢我？”

“也是……”凌凌也冷静下来，“不过，要是我换成你，肯定不愿意放弃这个机会。”

这顿饭吃得不咸不淡。晚上，沈婷看到一段新闻报道，讲的是一个出身贫寒的女孩，嫁入豪门后过得很不如意，最后因抑郁症自杀。

视频最后，是地上的一摊鲜血，那么刺眼，估计散发着难闻的腥味。关闭电脑，她彻底打定主意。

## 4

第二天下班，沈婷来到这家装潢考究的法式餐厅。在一张可以坐十几个人的圆台面，她和陈子轩面对面坐着，似乎在进行一场商业谈判。

陈子轩亲自起身，为沈婷斟上红酒。轻轻抿上一口红酒，沈婷的神智愈发清醒。“陈子轩，我们打个赌好吗？”

一听说有赌局，陈子轩显得很兴奋：“好啊！赌什么？”

“按照我现在的情况，还不能和你确立恋爱关系。不过，我有信心改变自己的命运。我们设定一个期限，如果两年内，我能创业初具规模，就答应和你在一起。”

陈子轩上下打量沈婷，看得她很不自在，末了他说：“真没看出来，你刚才的话又让我刮目相看。你放心，两年内，我肯定不会对其他女孩子动心。祝你创业成功。”

走出餐厅，沈婷显然轻松不少。这场赌局，既能抹平她和陈子轩之间的差距，又能考验陈子轩的忠心程度。

闺蜜凌凌有些担心，要是这条大鱼脱钩了怎么办？什么怎么办？凉拌。如果他走了，证明他不是我要等的那个人，后悔什么。

究竟做什么行业呢？当前，互联网经济方兴未艾，创业项目肯定要和互联网有点瓜葛。不过，沈婷对互联网领域的专业知识几乎一窍不通，就连O2O（电子商务）、B2C（商对客，电子商务的一种）之类的术语也闻所未闻。和凌凌一商量，她们决定开一个洗车行。读大学时，沈婷曾在几个寒暑假，在表叔家的洗车店帮忙，而闺蜜凌凌，更是在这个行业专职工作过几年，对行业流程比较熟悉。

关于启动资金，她没有问陈子轩借一分钱。她讨厌被施舍的感觉，什么事都靠自己，晚上睡觉也香。

洗车店正式开门营业，顾客情况还算不错。这天正准备打烊，陈子轩开着宾利，大摇大摆地拦在店门口。沈婷对他说：“不是说好，没等我创业成功，我们不相见吗？”

陈子轩一脸坏笑地说：“我没有违约，我是让你们清洗我的爱车。顾客就是上帝，你总不能赶顾客走吧。”

沈婷说不过他，只好让已经换下工作服的小工，再次打起精神为他服务。半小时后，宾利车光亮如新。

“怎么连‘欢迎下次再来’这样的客套话都不说？”

“真怕了你了，我说还不成，欢迎陈大少爷再次光临小店。”

这几天回家，凌凌不停冲着手机傻笑。一问才知道，有位上市公司老总的儿子看上她了。

“凌凌，你要冷静。”

“你瞎说什么，这不证明我有魅力吗？你不能把自己的意志强加到别人身上。”

“哎，好吧，随你。”

两个月后，凌凌就结婚了，心安理得地成为一名全职主妇。只留下沈婷一人，苦苦支撑洗车店的生意。

## 5

凌凌走后，洗车店的生意一落千丈。

一打听才知道，附近又新开两家洗车店，抢走不少生意。几个月内，沈婷想尽各种促销打折的办法，效果似乎都不明显。眼看几个小工的工资就要发不出，房东来催缴房租，自己资金链即将断裂。沈婷压力很大，多么渴望在这个最困难的时候，有个人能帮自己一把。

这天下午，陈子轩又来洗车，发现了沈婷的异样。他问沈婷是不是遇到什么困难，能帮到她什么？沈婷把话题扯到其他地方，只字不提自己的困难。

几天后，凌凌找到沈婷，递上一张借记卡，说里面有一百万。沈婷想推脱，凌凌说：“和我还客气什么？这点钱对我丈夫来说不算什么。”

“可是……”

“可是什么？你这个人就喜欢硬撑。”

有了这笔钱，沈婷暂时渡过难关。不过那两家竞争对手，却让沈婷伤透脑筋。

有一次，他去一家餐馆用餐。这家餐馆的菜品没有给她留下什么印象，倒是店内随处可见的小笑话，让她捧腹大笑。她忽然眼前一亮，何不把笑料加入自己的洗车店内。这招果然有用，没过几天，顾客稀少的状况就有很大改善。

不过此后，顾客数量又掉头向下。估计是原先准备的笑料，顾客们产生了审美疲劳。沈婷只好自己原创笑话，但自己不是科班出身，要制造出更多笑料，谈何容易？有人提醒她，何不让顾客来参与段子创作？

说得有理，她推出笑话创作活动，奖励那些作品入选的作者。“高手在民间。”开展这个活动后，沈婷再也不愁笑料更新问题，与此同时，洗车店的生意越来越好。

一年后，沈婷开了一家分店，第二年，又新开了六家门店，年收入超过千万元。这下子，她终于有底气和陈子轩谈恋爱了。

等到她来到陈子轩的办公楼，却是一派人去楼空的景象。保安大叔告诉他，这个老板卷入一起金融诈骗，被骗掉上亿元资金。等到嫌犯落网，赃款已被他们挥霍殆尽。

陈子轩，在一夜之间从富二代沦落到瘪三。

走出办公大楼，沈婷接到凌凌的电话：“沈婷，我离婚了。我再也忍受不了那户人家的霸道和蛮横无理。”

来到她们常去的那家咖啡馆，凌凌一边说一边流泪：“从嫁入豪门那一刻，我就没过上一天好日子。他们先让我签署一份协议，正常的社交活动受到限制，只能像囚犯一般关在那幢别墅中。而我的丈夫，根本不理会我的空虚寂寞，只顾他自己的事业……”

沈婷安慰她说：“一切都过去了，人活着，还是往前看吧。我还是要感谢你的丈夫，是他在我最困难的时候，伸出援手。”

“你还被蒙在鼓里啊！那笔钱是陈子轩的。他怕你不接受他的帮助，只好拐了这个弯。”

沈婷怔住了，想到陈子轩的落魄，她开始担心这个男人的安危。

一天下午，沈婷在街角偶遇穿着邋遢的陈子轩。他想躲避，沈婷不让他走：“我是来履行约定的，你要给我这个机会。”

“可是，可是我现在……”

“别可是了，你还是男人吗？遇到一点困难，就变成这副模样。我最看不起这种人！”

沈婷的话骂醒陈子轩。他的父亲因为无法接受公司破产的事实，在一个多月后心脏病发作去世。料理完父亲的丧事，他找到公司的一些老客户，准备东山再起。而在这个过程中，沈婷一直陪在他身边。

两年后，沈婷和陈子轩结婚。婚后他们依旧幸福甜蜜，因为他们各自有自己的事业，不会去入侵对方的空间和自由。

最好的婚姻，其实就是一种合作伙伴关系。手拉着手，淡淡地看着人世间的风云变幻。不需要刻意干涉对方。

当然这一切必须建立在大致对等的地位上。如果一方高高在上，势必会让幸福的天平发生倾斜。

沈婷明白，自己的幸福不是天上掉下来的，而是自己努力争取来的。上天不会亏待任何一个努力过的女孩子。她不需要嫁入豪门，因为她自己就是豪门。

# 幸福是个拖拉鬼

三亚亚龙湾的沙滩上，海风中嗅出咸咸的味道。紫色裙角，随风肆意舞动。细软白沙，轻柔地抚摸脚底。突然被人抱住，没有任何挣扎反抗，顺从得像个小绵羊。

## 1

我读的是一所“鸟不拉屎”的高校，别人知道后都这个反应：“哦，还有这所学校。”

都怪高考前一夜过分紧张，考场上形同梦游。一向成绩优秀的我，饮恨考场，掉到这所三本院校。父母想让我复读，但我死活不愿意再遭那份罪。高三堪比炼狱，好不容易脱离苦海，怎么能再跳回去？

这一任性，毕业找工作时尝到苦果。

招聘会上，永远不缺学霸、牛人。那些名牌院校毕业的本科生、硕士生、博士生，在用人单位面前低三下四。我这个三本学历，连赔笑脸的资格都没有。

粗粗瞥一眼简历，很多单位就把它还给我。好像在手里多待一分钟，会产生霉变，进而危害到身体健康似的。即使简历递出去，也无法逃脱被扔进垃圾桶的命运。

我走了，抱着厚厚一摞简历走了。

回到寝室，室友晓红正在梳妆打扮。她用的化妆品，比我高好几个档次。更让人嫉妒的是她不用找工作，甚至不用工作。人与人之间就是不公平，有人必须生来就开始奋斗，一刻也不能停歇，否则连饭也吃不上；而有人则是衔着金钥匙降世的，可以优哉游哉，哼个小曲、睡个懒觉，照样生活无忧。

晓红的父母经营连锁花店，门店遍布全国各地，年营业额几千万元。她说毕业后，先环游世界各地。等玩够了，再考虑今后怎么过。他父母没给她什么压力，只要她开心就可以。

我哭丧着脸，自然引起晓红的注意。“怎么啦，沐沐？是不是有人欺负你？跟我说，我去帮你收拾他。”

晓红对我很好，平时受到委屈，都是她帮我出头。我告诉她，都是工作惹的祸，再找不到工作，我在这座城市就无立锥之地了。好不容易跳出穷乡僻壤，不想再灰头土脸地回去。那样不仅父母脸上无光，对我也是重大打击。

“可怜的人啊！要不这样吧，你到我父母的花店上班吧。反正也就是一句话的事，父母对我提的要求，没有不答应的。”

晓红真是大救星，我的拥抱让她猝不及防。“快放开，被别人看到，会想歪的。”想请她吃大餐，她也体谅我的经济条件，说能免则免吧。

终于不用再去人山人海的招聘会，不过还是留意相关新闻。看着那些渴望的眼神，心中不禁生出一丝悲壮。

领完毕业证和学位证，整理好物件搬出寝室。这是晓红帮忙联系的出租房，房租比市面上低了近三分之二。这幢20世纪70年代末建造的老房，外墙面略微有些开裂。走进屋内，一股老房子的味道扑鼻而来。

有落脚点就行，哪怕是再破烂的草窝。

不过，这屋子还缺少个男人。要是有个知冷知热的男生，累了有个肩膀靠，想哭时有人递上手绢，快乐有人愿意与你分享，那就十分完美了。

第一天去花店上班，特意理了一个短刘海。圆圆的脸蛋，配上这个刘海，显得倍儿精神。先把花店内打扫一番，好环境会带来好心情。热情招呼每位顾客，精心为他们挑选鲜花。哪怕不买，也送上微笑。

好像那些花，是送给自己的。

## 2

他怎么还不来？说好下午五点来取花。我焦急地看着墙上的时钟，那分针、秒针每往前走一格，急躁就会多一分。

好几次拨打他的电话，不是说正在通话中，就是不在服务区。会不会出事了？

“沐沐，今晚有空吗？我男朋友单位发了三张摇滚音乐会门票，正好多出一张，你愿意去看吗？”晓红冲我挥了挥手中的票子。

去吧，反正待在房间里也没事。总用美剧、韩剧打发闲暇时光，整个人都变得很慵懒。

入口处，排着蛇形长队。很多资深乐迷，谈论着今晚出场的明星和嘉宾。领了荧光棒，紫色的，在略显昏暗的现场，带着鬼魅气息。

现场喧闹极了，主唱还未出场，乐队成员早已按捺不住寂寞。

重金属音乐，肆意窜进耳蜗。看摇滚音乐会，不像那种高雅音乐，有座位，大家安安静静坐着，哪怕一点咳嗽、一点闪光灯都能迅速被发现。观众们都站着，舞台和观众也贴的很近。所有人都很亢奋，恨不得把平时积攒的荷尔蒙全部释放出来。褪去理性，任何人都会被现场的气氛感染，变得疯狂。

无意间，在一个角落看到他。怎么他也来这里？花不要了吗？我正想去喊他，无奈现场声音太嘈杂，他根本听不到。等我再看向那个角落的时候，他已经不见了。

因为他，因为那束花，这场音乐会听得心不在焉。

两个小时后，音乐会散场。晓红提议去吃烧烤，我不想去，这么晚了，明天还要上班，想早点回去休息。于是，我们在会场门口分手了。

没走几步，他再次杵在我面前。他面无表情地看着手机，上面是些照片。走近一看，原来是个女孩子，还真漂亮。

“先生，你好，下午您订的花还要吗？”到手的生意可不想逃掉。

他塞给我30块钱，弱弱地说：“花我不要了，钱给你。谢谢！”

这可和他下午来的时候判若两人。那时，他整个人透着阳光，浑身被幸福滋润着。他问我要了一束玫瑰，我帮他挑选最艳丽的一束。他留下电话，说下午五点来取。这才几个小时，怎么就变成这副样子？

我是个好奇心很强的人。尽管是陌生人，还是想弄个明白。

他勉强挤出一句话：“她有新男友了。”

## 3

他开始向我讲述他和女友的故事。他们在大学社团认识，至今已有七年。他不是一个爱说话的人，照理说，女生一般不太喜欢这样的“闷葫芦”。但他女友就吃这一套，还说这样的男人有安全感。遇到自己心爱的人，哪怕他身上全是缺点，也会被爱的光环遮蔽。

工作后，生活日趋稳定。他准备买房、装修，在这个城市安下属于他们的家。女友却说，我们还年轻，还需要打拼。如果结婚有了孩子，精力肯定会分散。女友都这么说，他还能说什么？他开始申请国外高校的研究生，考出了不错的雅思和GMAT（研究生管理科学入学考试）成绩。机场分别时，女友紧紧握住他的手，说一定会等他回来。

尽管相隔万里，他们的联系还是很紧密。但女友的微博和朋友圈，有个叫Jackie的男生总是会留下点痕迹，不是点赞，就是很暧昧的评论。他问女友，这个男生是谁？女友轻描淡写地说，就是个客户，有点黏。不过我们只是业务关系，你别想歪了。

他可不放心，把这么漂亮的女友搁在国内，要是真有人鸠占雀穴怎么办？

他没心思再读书，把女友读丢了可就不妙了。放弃读博机会，连导师都为他感到惋惜。他的导师是这个学科领域颇有影响力的教授，本来想把他留在身边做助手。可是，他归心似箭，什么前途，统统抛到脑后。

飞机刚平稳降落，他就给女友打电话。电话接通，女友说话的声音很冷淡：“是你啊？怎么还没睡？按你们那里的时间，应该是半夜了吧。”

“我已经回来了。怎么样，小宝贝，还想我吗？”

“什么？你回来了？”对方很吃惊，似乎一颗炸弹在身边爆炸。

他提出见面，还买了摇滚演唱会门票。女友答应得很勉强。他还到花店买了玫瑰花，准备正式向女友求婚。

就在他来取花前，一个陌生男人打来电话，说不要再骚扰他的女朋友，否则有你好看。他问对方是谁，电话却挂断了。

他赶忙打电话给女友，得到了一个极不愿意听到的消息。打电话的正是Jackie，他们相识都快两年了，只是一直瞒着他。

他彻底蔫了，再没心情来取花。浑浑噩噩来到演唱会现场，带着最后一丝希望。多么渴望女友的身影能出现。哪怕和他说明分手的理由，也比不明不白要好。

但是，女友没来，他只能对着空气哭泣。

## 4

“你怎么这么挫？为什么不问清楚？这样伤自己，值得吗？如果你没勇气问，我来问。”我一把抢过他的手机，拨通那个令他心碎的号码。

那女生还以为是他，开始变得不耐烦，我还以一通“机关枪扫射”：“你装什么啊！交了个外国男朋友，就把相识七年的男友甩掉？你就是个烂货，眼里只有金钱，根本不值得男人去爱。告诉你，不是你甩掉他，是他甩掉你。他早就该甩掉你这双破鞋。”

对方一下子被我骂晕，好长时间才缓过神来：“你是谁啊？怎么这么说话？”

“什么怎么说话？骂你还是客气的，你这货就是欠骂、欠揍。”我一下子没克制住情绪，用力把手机摔在地上。

一旁的他，木然地看着我。没想到看似文静的女孩子，脾气却这么火爆。默默捡起手机，液晶屏上有好几道裂纹，无法正常开机。他很严肃地说：“这是我的手机，你把它摔坏了。”

我很豪气地说：“摔坏算我的，我陪你一个。”

第二天特意请假，陪他去逛三星专卖店。挑了最新一款三星galaxy系列手机，正准备付钱，他拉住我的手：“算了，哪有男生买手机让女生掏钱的？”说着，从包里取出一张信用卡。

瞬间，我对他的好感指数直线飙升。这么优质的男生，他的前女友怎么不懂得珍惜呢？真是不作死就不会死啊！

我依旧嘴硬：“不行啊！总要给我个补偿机会，否则就是看不起我。”好吧，他服软。我们来到一家烧烤店。消费水平不高，吃得却很过瘾。一结账，两人吃掉一百多，这次他没有和我抢着付钱。

回到家后，发现包里多了两张百元大钞。他就是这么妥妥帖帖保全我的面子，又让我不会惹上经济危机。

一周后，他又回请我，问他理由，说不能白吃美女的一顿饭。就在那个包厢，他对我说出心里的爱。没想到才接触两次，他就会说出这句话。

他之所以会爱上我，就是因为那次我“怒摔”手机。从这个举动上，他觉得我很在乎他。不过，他也不勉强我，说不会强迫我和他在一起。

“愿意，愿意。”放弃这样的暖男，还不得天打五雷轰。这样一来二去，我们就美妙地在一起了。

一年后，他被公司派到阿布扎比分公司工作一年。很舍不得他走。异地恋几乎没有好结果，就像他和前女友那样。他反复向我保证，要是变心，坐飞机坠毁、乘轮船沉没、坐火车出轨、乘汽车追尾。好家伙，这是在发毒誓啊！愿意说这样的话，还有理由不相信他吗？

一年时间过得很煎熬。虽然有微信、有QQ，但见不到真人，总是种缺憾。他晒出中东风情的建筑、贴出当地独特民族风情的照片。他就像个地导，把我带到那个遥远国度。

一年时间到了。他乘坐的飞机会在下午五点抵达上海浦东国际机场。他还说会给我带样礼物，不会是那种很普通的小玩意儿，一定是个惊喜。“行啦，早点回去吧。把自己拾掇得干净利落点，省得他认不出你。”晓红果然善解人意，中午十一点就放我回家。

下午三点就赶到机场。反正还有两个小时，不如打个盹。这几天晚上都没睡好，主要因为他要回来了。一觉醒来，一看表，已经是17:30。他人呢？打他手机，关机。会不会飞机延误了？一看机场大屏幕，果然如此。再等等吧。反正这个季节，飞机延误也是常有的事。

越等越不对劲，已经是晚上八点半，还没他的消息。心里开始打鼓。我不需要什么惊喜、什么礼物，只要上天把他完好无损地还给我，我就谢天谢地了。我双手合十，对着苍天祷告。

十点半，他出现了，满脸疲惫。他告诉我，飞机起飞时遭遇强雷雨，延误了几个小时。“怎么样？让你久等了吧。”他一脸坏笑。

“我饿死了，你要补偿。”

我们来到一家韩式餐馆。他从行李箱中拿出一个小盒子。打开盒子，闪出耀眼的光芒。那是一枚钻戒，足足有一克拉。

幸福终于让我等到了，也让他等到了。尽管幸福是个拖拉鬼，总是姗姗来迟，并不妨碍我们享受这个甜蜜时刻。

在真爱面前，别猴急。再等等，幸福会敲响你的房门。

# 一颗心，在美的世界中小憩

## 1

接到雯雯电话时，我正在深圳出差。南方天气总是那么闷热，空气中都能拧出水分。一整天在跑客户，浑身臭汗，一股子酸味，自己闻着都难受。赶忙洗个澡，把自己从疲倦和肮脏中解脱出来。

一看手机，有好几个未接电话，是雯雯打来的。有什么事，非要今晚联系到。知道雯雯是个靠谱的女孩，不会没事随便“骚扰”我。

“怎么这段时间一直联系不到你？”电话里传来嗔怪的声音。

我像找到宣泄口似的，开始讲述这几天的经历。雯雯没耐心听我啰嗦，直接拦腰截断：“屁话不要多说，告诉你，老娘要结婚了。就十天后，你小子说什么也得来，哪怕天塌下来，地陷进去。”

她的话就是圣旨，哪有说“不”的权利？心里不停地骂自己贱，但答应得没有任何犹豫。

一大摊子事，等待我去收拾。好在运气不错，客户没什么刁难，总算在雯雯婚礼前两天，登上返程航班。

刚到公司，就被雯雯逮个正着。“还以为你化成了青烟。既然还有口气，记得后天早点来，有很多事，需要你打理。”

我拿她开涮：“我真替你老公担心，要是他以后得罪你，还不被修理得生不如死？”

她伸出魔爪：“你再说一遍。”接着，她突然来了个一百八十度转变，化身为温婉贤淑的女神：“人家是弱女子嘛，怎么会对相公不利？再者，我爱他还来不及，怎么会对他痛下杀手呢？”

最后那句话，怎么听都带着杀气。不去管它，前半句还是大实话。她确实爱她的未婚夫，爱得死去活来，爱得海枯石烂。

雯雯的喜帖上，有她卖萌的造型，还有那个帅气的小伙。这死丫头，怎么这么快把自己嫁了呢？

不过，还是为她高兴。她的婚姻大事，我可没有少操心。

## 2

从中学开始，雯雯就和我是同学。此女是典型的女汉子，和她相处，总把她当哥们儿。她说话嗓门极大，办事雷厉风行。她没有小女生的黏人和娇柔，从不把委屈和伤心写在脸上。

她还有一副好拳脚。那是初中文艺会演，她自告奋勇代表班级参演。尽管对她粗野有准备，但她穿着武术服出现在舞台中央，还是让我倒吸一口冷气。

好家伙，这是要打死人的节奏。在一段充满血性和激情的音乐陪衬下，她的四肢虎虎生风。一套行云流水的武术，被演绎得没有任何瑕疵。呆呆望着她，无意间瞥见她投来的寒气。

这眼神，倍儿带劲。

套路只是热身，更精彩的表演还在后面。破木板、碎大石，双手如同一对铁锤，任何坚硬物体在她面前只是一堆豆腐。

最后是对练表演，那两个男生怪可怜的，好几次被打翻在地。音乐戛然而止，她冲台下观众施以抱拳礼。她赢得这次文艺会演的一等奖，嘿嘿，我趁机好好宰了她一顿。

“你这熊样，以后怎么保护女朋友？快跟着我去练练，男生吧，不会个一招半式不行。”正是在她影响下，我决心彻底改变“病猫”角色。

她和我很投缘，却没有其他男生对她来电。好几次劝她，要不咱就放下身段，找准目标，主动出击。“去你的，瞎说什么？我难道会没人要？”她满不在乎，自信总有男生会识货的。

要不是早早有了女友，或许我会挺身而出，把她从“水深火热”中救出来。

女友不反对我和她来往。连她都觉得，我只能和雯雯称兄道弟，离恋人关系还远着呢。

一个被同性视作没有任何威胁的女生，要想得到男生真爱，简直比公鸡生出小鸡都难。

不过，她还真走了狗屎运，老天一下子把两个男生塞给她。

那天，她作为伴娘去参加闺蜜的婚礼。整场婚礼前前后后忙碌，被到场的嘉宾灌了很多杯酒，这些情景都被两位男生看在眼里。

散场时，两人特意留下来，表达自己心中的爱意。一位是身家上亿的富家公子，家里有八九家公司，横跨地产、餐饮、制造业、典当等多个行业，钱对他来说只是数字。

而另一位男生喜欢鲜花，事业刚刚起步，甚至连起步还算不上。毕业后，他没有窝在高级写字楼的格子间，而是和几个朋友创办公司，专营鲜花销售。他的世界，永远和盛开的鲜花相伴，生活带着一抹亮丽色彩。两人互不相让，让雯雯很为难。

## 3

雯雯请我冒充她表哥，为她把把关。心里有个疙瘩，这是她谈恋爱，我插手方便吗？见我不同意，她开始撒泼：“跟个娘们似得，让你去就去，这么多怪话干吗？”好吧，反正又不是去慷慨就义，没必要如此害怕。

我首先拜访了富二代的家。

开门后他很惊愕，显然没料到雯雯会唱这一出。

眼前是一座富丽堂皇的豪宅，每一处细节，彰显出主人不凡的身份。镀金的柱子、名贵大理石瓷砖、水晶吊灯，橱窗内价值不菲的字画和古玩。没个上亿元资产，这么玩就是在败家。跟在男生后面，感觉头都抬不起来，呼吸都有些困难。

经济地位的巨大落差，换作任何人都会不自在。

整个谈话过程，好像领导训示下属。本来是我帮雯雯打前哨、摸情况，却变成他问我答。他的提问直接，直指雯雯隐私。我只好说得含糊一些，免得回去狠狠挨批。

训示完毕，他又开始吹嘘自己。他父母如何如何有能耐，从做小生意起家，摆过地摊、睡过地板、遭人白眼，多次受挫终获成功。而他从小出入上层社会，毕业于世界名校，硕士学历。这份履历，让很多人自叹弗如。

我却没有一丁点艳羡，你的光鲜，都是你爸你妈带来的，哪点是你自己奋斗来的。心里不满，但赔着笑脸，尽捡他喜欢听的话说。他被我哄得很高兴，随手撕了一张支票，填了一个数字，说是给我的来回路费。

我看了一眼，我的天，五千元。这路费也不需要这么多，看来有钱就是任性。拿了钱会嘴短，我还是个有骨气的人，委婉拒绝。

正巧吃饭时间到了，他要留我用午餐。不想受矮人一等的罪，找个借口准备离开。

临走前，他收起刚才的傲慢，劝我在雯雯面前美言几句。心里还是一软，或许此前的态度是他多年养成的习惯。既然打心眼里爱雯雯，估计雯雯跟着他不会差到哪里。

走出这幢四层楼高的别墅，重新嗅到久违的自由气息。是啊！刚才空气太沉闷，让我有种窒息的感觉。

走进另一位男生的家，感受完全不同。房子并不奢华，和乡郊普通民宅差不多。唯一不同的，就是家门口卧着一座美丽花园。主人经营花卉销售，不会让自家少了鲜花芬芳。

那是泥土与美的世界，各种颜色、各种习性的花竞相绽放。自然的气息、主人的热情，让我找到童年的感觉。拘束感消失，我贪婪吮吸着香味。尽管本人是大老爷们，对他递来的玫瑰花茶并不感冒，但爱美之心人皆有之，变漂亮点总不会错。他没有对雯雯的情况单刀直入，也没有把自己吹得天花乱坠，只是说着对花的喜爱。

很小的时候，他家后院就有一座小花园。每年春季，百花争艳、蜜蜂嗡嗡，一派盎然的春色。母亲搀着他的小手，徜徉在花海中。开明的母亲，对他的选择没有任何干涉。创业，做自己喜欢的事，每天过得都很快乐。他的讲述中，始终沾着花的香气，让人神清气爽。都说和快乐的人在一起，自己也会变得快乐，看来此言非虚。

## 4

回去立马向“老佛爷”禀报情况。

她嫣然一笑，好像有了答案。

那时我在想，她已经不再年轻，早过了少女做梦的年龄。浪漫和金钱之间，她肯定会选择后者。毕竟物质是最实在的，难怪有人会发出“宁愿在宝马车上哭，也不愿意在自行车上笑”的言论。

婚礼那天，我早上八点多就赶到他家。为了考验新郎，我好好“捉弄”了他一番。婚礼现场，被布置成花的海洋。签到台充满田园气息，鲜嫩欲滴的情人草、麦穗和白色的小花，形成错落有致的层次。乳白色的烛台，摇曳生姿，花瓣自然随意地散落在桌布上，营造自然温馨的感觉。酒杯也华美变身，变成甜蜜的婚礼装饰。杯中插上两三朵睡莲，沉稳中渲染出不少浪漫气息，还有那高贵捧花，可爱的半圆造型，衬托出新娘的娇羞与甜美。天真烂漫的蕾丝，珍珠别致的网状造型，细心呵护可爱惊艳的紫精灵。紫色的薰衣草，更是把浪漫推向极致。带有田园气息的花鸟餐碟，碟上垫一段紫色餐巾。再将一小枝薰衣草用紫色细丝带缠裹，摆在盘子中央做装饰，这或许是梦中常有的情景。

雯雯千呼万唤始出来。她穿着洁白婚纱，由她的父亲牵着手，缓步走上舞台中央。父亲把雯雯交给新郎，轻声嘱托几句。随后，舞台上只剩下这对新婚夫妇，所有聚光灯照在他们明媚的脸庞上。雯雯美得像个百花丛中的仙子，和新郎幸福相拥，动情地说着誓词。

我钦佩她的选择。她对待婚姻与爱情的态度，不像大多数人那么世俗。婚后，他们一直徜徉在爱的暖流里。炽热的爱恋，不曾因时光流逝而降温。时间是婚姻最有效的试金石，一些曾经看似海枯石烂、坚不可摧的婚姻，在长时间柴米油盐的琐碎中变得不堪一击。但雯雯和丈夫是真爱，时间愈长，他们酿的婚姻美酒只会愈香。

那位男生为她准备美的世界，还有什么理由不投怀送抱。钱少了可以去挣，一时的物质不能保证永远的幸福。生活不能缺少美，正如画龙少不了点睛之笔。

每天生活在美丽中，负面情绪彻底远离自己。无论外界纷纷扰扰、恩恩怨怨，欣赏身边不起眼的美景、过自己喜欢的生活，这就是最大的幸福。能将美丽延伸到天荒地老，这才是让真爱保鲜的最大秘籍。

我们心里装着太多世俗和物质。生活中的美丽，都在不经意间从身边悄悄划过。执着于物质时，已经丧失发现美的能力、丧失享受美的意愿。当生活只剩下金钱，估计烦恼与你如影随形，成为难以抹去的梦魇。不懂得发现美的人生，不是幸福完整的人生。

暂时摆脱一下对于钱财的过度渴望，让心在美的世界中小憩。得到的不仅是片刻的宁静，或许将是对人生、对生命的顿悟。

让心在美的世界中小憩，让灵魂也在发现美、享受美的过程中升华。

真心祝福雯雯，她选择美丽，也会在美丽中度过幸福快乐的一生。

## 对的人，等到多晚都没关系

### 1

初春晚上，天有些微寒。身边同事还在忙碌，实在不好意思在此时“鸣金收兵”。

“晓梦，这么早就撤啦！是不是去和男朋友约会？”说话的是雅丽，喜欢八卦，任何人的蛛丝马迹，都逃不过她这张嘴。

这话像把刀子直刺心窝。我就是缺个知冷知热的男朋友。为这事，父母没少说我，不去搭理她。今儿去培训，相亲的事以后再说。

在路边一家汤包馆，点了一份汤包和一碗辣酱面。带着饱嗝，走进这家租用中学校舍的培训机构。不是为职业生涯充电，而是学习自己喜欢的摄影。虽说端着“长枪短炮”有好几年，不过水平始终原地踏步。一狠心，拿出几千大洋，准备向专业摄影师好好讨教。

刚进教室，就知道自己来早了。除我之外，只有前排坐着一位帅哥。他穿着笔挺的西装，四方脸，梳着一个大包头，冲我微微一笑。他这一笑不要紧，我顿时感觉浑身汗毛都竖起来了。

似乎那不是微笑，而是一股气势磅礴的电流。

我嗫嗫地说："很高兴认识你，以后我们就是同学了。"

他礼节性地伸出右手："是啊！能和美女一起学习，是我的荣幸。"

他的手很软、暖意融融，像质地很好的棉花。就在我流连于这双温暖的大手的时候，还闻到一股男士香水的味道。这香味，不冲鼻，刚柔相济得恰到好处。就冲他用这种香水，应该就是暖男一枚。

我又开始胡思乱想！没办法，老姐都快30了，对好男人难免有些"猴急"。

"哟，这是他乡遇故知吧。"一位中年男士走进来。他梳着一个辫子，络腮胡子很长。这打扮，估计就是专业搞艺术的。我没猜错，他就是培训老师。

来上课的人陆续多起来，只能收回和他的亲密，心不在焉地听课。

这几节课讲什么内容，几乎没有什么记忆。而他，好像刚才的那一切没有发生。该记笔记的地方记笔记，该给老师正面反馈的时候给正面反馈。

一堂课下来，我看他的次数，远远超过看讲台上那个"艺术男"的次数。

细心、认真、踏实、沉稳，这几个概念在心里扎根。

讲课最后，老师给出一个取景练习，让学员们在教室橱柜中，挑选一件自己有感觉或看对眼的小物件。所有人都做了选择，只有我和他空手而归。

"你们怎么不选呢？"

"没看到合适的。"他说得很干脆，和我心里的想法一样。这个人太有意思了，连想法都和我一样。

这种感觉，很难用语言来描述。茫茫人海中，总有一个人与你有着惊人的相似。而今天，我终于遇到这个有缘分的人。

下课时，想约他吃夜宵。他苦着脸对我说："不好意思，晚上还有活没干完呢！改日吧。"人家这么有上进心，我再拖他下水就有点不厚道了。反正机会多得是，这个培训有几个月呢。

可是他一直不给我机会。他就像我眼前的一块肥肉，只闻其香，不能尝其味。

## 2

培训结束，学员们毫无意外都考核通过。下课前，他叫住我说："蓉蓉，晚上有空赏光吗？附近有家川味火锅不错。"

我眼睛立刻发绿："好啊！有空！当然有空！"连我自己都觉得样子有点滑稽，不知道我这副夸张表情，有没有吓到他。

我特意回了一次家，把自己打扮得美若天仙。这是我们第一次单独约会，不能给他留下邋里邋遢的印象。

我还带上一幅画，我亲手画的。画面中，一对小鸟依偎在枝头上。如此直抒胸臆的画面，他应该懂得背后的深意。

当我进到包厢，心中的激情之火立刻熄灭不少。原来，他不仅叫了我，还叫了其他几个女生。都怪我一时多情，这哪是约会？分明是散伙饭嘛！

我最爱吃火锅，但这天吃什么都味同嚼蜡。倒是他频频献殷勤，不时往我碗里夹菜，还说女生不能因为减肥，就连饭也不吃。

或许，他对我还是有点意思的。不要这么快就盖棺定论。

故意耍了点小伎俩，看着桌上那副暧昧的画作，我冲他的背影“嘿嘿”冷笑两声。

第二天一早，我就接到他的电话：“蓉蓉，昨晚桌上的那幅画是不是你的？”

我失声喊道：“哎呀，这是我朋友送给我的。我太粗心了，怎么会忘记？”

“别急，画在我这里，你放心。昨晚，我一个人一个人打电话问，就差你的电话没打通。我想你是睡了，所以早上才来电话。”

“没事，难得你这么用心。”

这么小一件事，就检验出他善于为别人着想的品质。更让我得意的是他还画时，只能叫上我一个人，这下我就能接近他。

闺蜜冰冰不屑地说：“别得意太早，从他说话的口气，看来对你没什么意思。现在还只是你对他的一厢情愿。”

正如冰冰所言，后面又没了下文。打电话给他，他始终说自己忙，白天忙，晚上加班到深夜，实在没时间出来。

他到底做什么工作？连一点时间也抽不出来吗？冰冰不合时宜地插上一句：“看来，他对你不上心，要不怎么连个面都不愿意见呢？”只能保持普通朋友的关系，偶尔在微信朋友圈上点个赞、留个言什么。

没有了这份牵挂，我恋上了健身，几乎每天去练瑜伽。马甲线、A4腰，这些性感元素我都要。练了两个多月，肚子上还真有了几条皱纹，至于是不是马甲线就不得而知了。而A4腰，我也有了，不过是横向的A4纸。看来，我属于易胖体质，体重要减下来很难。我欣赏眼前一个个骨感美女，微信铃声响起。

“蓉蓉，你参加过图文制作岗位资格考试吗？”既然他向我求救了，我就不能袖手旁观，通过朋友关系帮他弄了一大堆复习资料。

半个月后，他发来一条喜讯：他已经顺利通过考试。

他要请客，我立刻追问：“是单独请？还是有别人？”

他愣了一会儿说：“这次是你帮我，当然是只请你啊！”

## 3

这次不能放过他，我早就选定我家附近的一家高档餐厅，准备好好“宰”他一顿。他年薪五十万，应该不会在乎这点小钱。我这么长时间想他、念他，让自己老了不少，他也要做出补偿。

他得意地对我说：“这是我们单位要求参加的考试，一共有20多人参加，通过的人只有不到三分之一。因为工作太忙，根本没时间看书，还好有你的复习资料。”

“和朋友还客气什么？不过，我整整一天没吃东西了，估计前胸都贴到后背了。”

他抽出一张信用卡：“别担心，今天保证你吃得酒足饭饱。”我们边聊边走，感觉很亲密，和情侣没什么两样。

到了餐厅后，我先点了两杯奶茶，喝了一会儿，肚子里开始咕噜。去了趟厕所，回来以后，捞起一杯奶茶就喝。他用很惊讶的眼神看着我，好像我喝的不是奶茶，而是毒药。我喝了一大半才意识到，这杯奶茶是他的。我问了他一句：“这是你的茶？”

他一点也不介意，说：“没关系，你喝嘛，我再倒一杯。”反正已经喝过了，两人都不觉得心里不舒服，不介意，那就继续喝呗。

随后牛排、羊排、大龙虾、扇贝、生蚝……一道道生猛海鲜和陆地美味依次上桌。我顾不得吃相，见什么吃什么。

饥饿感慢慢消失，我忽然想起那幅画。

对啊！那幅画还没还给我呢！

“勇，上次我落在火锅店的画……”

他还没等我说完就打断：“哎呀，我这记性。都怪这阵太忙，我忘了带过来。”

“算了，不用还了，反正也就是一幅画。”

“不行，那是你的，我怎么能夺人所爱呢？”

他的话，让我既高兴又酸涩。高兴的是他懂得体谅人，酸涩的是他还把我当作外人，我们俩之间还界限分明。

什么时候，他能把我的东西视作他的，而我也能把他的东西视作我的，那就完美了。

从餐厅出来没几步，雨水从天而降。我打开雨伞，他很绅士地接过去。然后，他做了一个非常熟悉、非常自然的动作——想把手搭在我肩上。这是男生惯有的动作，看来他也把我当成了女朋友。

就在手快要触碰到我的香肩，突然硬生生地抽回去。他尴尬地冲我笑笑：“不好意思。”

他走出雨伞遮挡的范围，任凭冰冷的雨水打湿衣衫。天气有点凉，被雨淋湿的滋味不好受，而我的感受比他好不了多少。

就这样，我们又退回到普通朋友的关系。期间，我忙着参加各种培训，很久没和他联系。我慢慢感觉到，这似乎是一个没有结果的关系。

有一次，我在微信朋友圈发出求助帖：明天要上台演讲，肿么破？

他发了一个坏笑的表情，随后附上一句：“要是我的话，就喝两口酒壮壮胆。”

我估计他说这话时，没喝八两至少也喝了半斤白酒吧。我也是犯浑，竟将醉汉的话当作金玉良言。

临上场前，我弄来一杯黄酒，一捏鼻子，咕咚咕咚全部喝下去。

辣，麻，晕，眼前的世界，倏然变得那么朦胧和陌生。那次的处女秀，就像一台断电的机器，僵在原地动弹不得，脸红红的，大家都能闻到我身上的酒气。

哎，真是终生难忘的尴尬。我没有去责怪他，只怪自己不辨是非。

## 4

这天晚上刚洗完澡出来，看到手机上有个未接电话，是他打过来的。他一开口就说：“你怎么都不给我打电话？”

我没有心思调侃他，暧昧过几次，每次都是失望、受伤。再点燃心中激情，只会把自己伤得更深。他看不到我的表情，自顾自地说自己被派到边境工作，要待上9个月才能回去。那个地方非常炎热，一天要洗好几次澡。他的语速很快，中间我几乎插不上话。

他这是怎么了？以前和他接触时，他不是急性子。以前好像只听说他是警察之类，我也没有多问。现在听他的口气，似乎他的职业没有自己想得那么简单。好奇心促使我想搞清楚他具体是做什么的，他终于说自己正在边境执行特别任务。不过具体什么任务，组织纪律约束他没有多说一句。

挂掉电话，我越发看不清他。他太复杂了，展示在我面前的只是冰山一角，还有太多东西隐藏着。

继续这么不咸不淡地相处，他割舍不了我，我也放不下他。我们互相折磨、互相猜测。这是一种很奇妙的关系，既亲密又陌生，既温暖又冷漠，既心存希望又失望连连。

老天啊，不要再这么折磨我们，给我们一个了断吧。

几个月后，我接到他发来的一条信息，说他要回来发展。他这是怎么了？上次还说要扎根边疆，怎么突然间又改变主意？

他冲我深深鞠了一躬：“我辞职了。原谅我，这几年耽搁你了。我今天就把所有实情都告诉你。”

原来，他以前有个女朋友，他们从小青梅竹马。他发誓要一辈子爱她，保护她。后来，他经常要执行很危险的任务。由于长期战斗在打击暴恐的第一线，难免成为某些人咬牙切齿的对象。

那些恶人伤不了他本人，却把魔抓伸向他的女友。

他永远记得那个被夕阳染红半边天的黄昏。

视频中，那些暴徒明目张胆地杀害他的女友。他悲痛欲绝、呼天抢地，用头去撞墙。后来，那些凶手虽然被绳之以法，内心阴影却无法驱散。他长得阳光帅气，好些人给他介绍女朋友，他都一口拒绝。他经历过一次生离死别，这种撕心裂肺的感觉，几乎让人生不如死。

他害怕再伤到另一个女孩子，宁愿让自己承受孤独。就在他最无助时，他遇到了我。通过我的种种举动，以及那幅暧昧的画作，他读懂了我的心思。可是，他不想伤害我，也不想伤害自己。他只能躲避，让我们的关系不冷不热。

我抚摸着他的头，像母亲抚摸孩子，让他体会到温暖和安全。只有让他把所有痛苦都说出来，才能彻底与过去诀别。

“不过，你始终不离不弃。我发觉问题出在我自己身上。是我在逃避，没有勇气去承担责任。我不该用冷漠来撕扯你的爱情，这对你太残忍。我想通了，前女友也不希望我永远生活在恐惧、愧疚、无助中。我必须开始新的感情。而你，就是我遇到的那个对的人。所以，我毅然辞了工作。你放心，我有能力养活你。”

男人有时候比女人还脆弱，他们不能在别人面前袒露自己的软弱，因此伤口慢慢变大，逐渐变成不可愈合的伤疤。我就要帮他处理这个伤口，彻底清除积压在他心中的瘀血。

那一夜，我们喝了很多，随后又去了KTV。他点了很多对唱情歌，我们深情地唱着，每句歌词都是最动听的情话。

## 5

似乎很久没这么放松过。我们觉得就像在家里一样，借着酒精的力量，两人之间产生微妙的变化和连接。他终于将自己的手搭在我的肩上，并且紧紧地搂着我。

那天晚上，我失眠了。

我有一个朋友很喜欢占星。她将我和他的两张星图做对比，发现我的出生图中的冥王星，落在他的南交点附近，与南交点形成只相差五度的宽松合相，在所有相位中合相的影响力是最强大的。而他的出生图中显示，土星落在第7宫，这在演化学占星学中的解释是：这个人在前世曾经突然失去了一段重要的伴侣关系，可能对方突然死亡或者抛弃、背叛自己。

冥王星在演化占星学中代表的是灵魂的层面，因为冥王星绕太阳旋转一周需要248年，所以如果在关系盘中，一方的南交点与另一方的冥王星形成重要相位（合相、四分相或对分相）时，这两个人可能已经经历了多生多世的纠葛。

我很喜欢这种解释，好像我们的缘分在前世就已注定。

他和几个朋友一起创业，经历过几番波折，终于拿到天使投资。而情感上，我们不再有任何顾忌。一年多后，我们登记结婚。

盛大的婚礼上，有样东西是不能少的，那就是我的那幅暧昧大作。“看来你是早有预谋啊！”

“少废话，后悔了吧，以后有你的好日子过。”

看着这个带有点孩子气的男人，也不枉这几年的等待。遇到对的人，等多久都不要紧。缘分已将我们拴在一起，什么力量也无法将我们分开。

## 你的傻，在我眼里价值千金

你真傻！傻得出奇！但在我眼里，这傻价值千金！

### 1

这是一档观众中知名度很高的选秀类节目。很多不知名的草根，通过这个舞台拥有一众粉丝。

她和两位搭档妮妮、娟娟，已进入第二阶段复赛。复赛第一轮表演结束，他们仨惴惴不安地等待结果。主持人突然话锋一转，说有个人想他。一开始，还以为父母来到录制现场。要是他们来了，三叔怎么办？正当她胡思乱想，这个叫马文勇的男生款款来到面前。她感觉耳边“嗡”得一声，脸颊瞬间绯红。

音乐缓缓响起，他开始动情演绎任贤齐这首耳熟能详的《对面的女孩看过来》：“对面的女孩看过来/看过来/看过来/这里的表演很精彩/请不要假装不理不睬。”

不是专业歌手，他唱得有些走调。不过，对这个姑娘心动已久，他即使多次被拒也不改初心。今天，他要借这个舞台，把心里话全部说出来。

被表白的姑娘叫陈婷，此刻像做错事的孩子，双手拽着衣角，一句话也说不出。她心乱如麻，不知道如何应对眼前的“突发事件”。月赛前一天晚上，她曾接到马文勇的电话。除了照例送上鼓励，他还说要给陈婷一份惊喜。

问是什么惊喜，他却闭口不谈。

没想到，惊喜竟是这个。她不敢马上开启这段恋情，主要是他们的家庭背景和学历层次差距太大。马文勇长相酷似韩剧中的暖男，又是在读硕士，而她只有初中学历，长相普通，大众脸，如童话中的灰姑娘，不敢对王子有什么非分之想。直接拒绝，她又心有不甘。她明白他是爱自己的，这种爱是真爱，没有虚情假意。但两个人在一起，仅仅有真爱就够了吗？陈婷低下头，不敢和双目传情的马文勇对视。

见陈婷低头不语，马文勇采用更直接的办法：“陈婷，我爱你，给我一次机会好吗？”

当歌中“对面的女孩”变成自己，陈婷知道躲避也不是办法。反正先答应下来，灰姑娘的梦想还是要有的，万一能实现呢？

马文勇张开双臂：“那我抱抱你好吗？”在现场观众“在一起”的呼喊声，陈婷低下头，配合着与马文勇拥抱在一起。

由于后面还有选手要表演，马文勇只好暂时快快离开。他凝望着害羞的陈婷，似乎怎么也看不够。

月赛结果出来，陈婷和两位搭档顺利晋级年终总决赛。回到休息室时，她仍在思考舞台上的“意外情形”。除了担心自身条件，她还有另一份担忧。

她是家里最小的孩子，被过继给三叔做“女儿”。三叔是位盲人，智力停留在五六岁孩子的水平。父母这么做，也是考虑到三叔今后不可能结婚、生孩子。等他年老时，身边需要有人照顾。

多年相处，让她在情感上无法割舍三叔。为此，她的个人问题一再耽搁。好几次有人给她介绍对象，她总以三叔作为推辞理由。后来亲生父母说，一个姑娘家总要嫁人，否则会被别人看笑话。没办法，她只好踏上相亲路。不过，她有个前提：对方必须接受她的三叔，因为她要带着三叔出嫁。

多次相亲经历，过程几乎如出一辙。一开始总是聊得还可以，但只要一提到三叔，基本上就黄了。身边同龄的女孩子，连孩子都快上小学了，而她到现在还单着。

周围人都这么说她：“你呀，简直比你三叔还傻。你和小伙子结婚，却带着一个需要全天候照顾的叔叔，别人会乐意吗？谁会接受这种‘三个人的婚姻’？我们不希望你再这样‘傻’下去。”

她却倔强地说：“我就是要‘傻’下去，怎么样？相亲失败肯定不是因为我三叔，主要是缘分未到，总会有人愿意接受我的想法。”话讲到这个分上，好心的大叔大婶不好再多说什么。为了照顾三叔，陈婷初中毕业后没有继续求学，而是在威海一家超市做了营业员。

## 2

陈婷平淡的生活，因为参加这档选秀节目而改变。她喜欢唱歌，遇到同样追逐演唱梦想的妮妮、娟娟。三人一起登上舞台，如愿摘得周冠军。这是陈婷第一次来北京，流连于大都市的繁华。就在这时，手机铃声响了，一看是个陌生号码。这是谁？为什么要给自己打电话？她犹豫了一会儿，还是按下接听键。

“你好，请问是陈婷吗？我叫马文勇，来自山东德州，现在在西北师范大学读硕士。很高兴能认识你。”

陈婷很警觉地说：“不好意思，我们好像不认识吧。你怎么得到我的联系方式？”马文勇告诉她，自己通过节目组得到她的联系方式。他奶奶和父母都是这档选秀节目的忠实观众，几乎每期必看。他定期会给家里打电话，奶奶说有个山东姑娘在节目上招亲。她觉得这个小姑娘实在，还能这么尽心照顾叔叔，以后一起过日子肯定错不了。

“你是硕士？”陈婷原本只想找个和自己学历层次和家庭背景对等的人结婚。在她眼中，硕士几乎就是可望而不可即的“天之骄子”。

马文勇幽默风趣地说：“对啊！怎么了？硕士不能有女朋友吗？”

陈婷支支吾吾地说：“不是，不是，你误会了。我只读了初中，你怎么会看上我？”

马文勇告诉她：“你脸上憨厚纯真的笑容，还有善良孝顺和积极乐观，都深深打动着我。不知道你有没有看过《非诚勿扰》？那个说‘宁愿在宝马车上哭，也不愿意在自行车上笑’的女生，长得很漂亮，但她靠谱吗？我觉得你就是我要等的人。”

当一份爱情真的摆在面前，陈婷又开始“犯傻”：“这段时间还要准备月赛，实在没什么空闲时间。要不等我空下来，我们再交流好吗？”她始终无法放下心结，好在马文勇很豁然，说愿意等她。

那一夜，陈婷辗转反侧、难以入眠。通话后，两人互相加了“微信好友”，她得以看到马文勇那俊朗帅气的外表。马文勇还是研究生，还比自己小两岁，正处在风华正茂的年龄，而自己即将迈入“大龄剩女”的行列。两人落差实在太大，更何况自己还准备带着三叔出嫁，难道他真的不在乎？

或许只是一时兴起，时间长了便会像此前那样，最终不了了之。算了，就当认识个朋友吧。有个帅气阳光的异性朋友也不错。

通过交流，陈婷进一步了解马文勇的家庭背景。上大学前，马文勇家里经济条件不错，父母经营着一家企业。然而高考刚结束，家里做生意赔了，家里值钱的东西被搬走，马文勇暗暗发誓：读大学不再向父母要一分钱。除了上课，他很多时间都在做兼职，赚来的钱补贴学费和生活费。本科几年间，他很少回家，就连节假日也在忙碌。因此，他很少有时间接触异性，更谈不上花前月下。硕士、学霸，一个个炫目“光环”让陈婷倍感压力。她只能在交流时附和，生怕自己土得掉渣的观点引来马文勇嘲笑。

两个星期后，马文勇在微信上提出见面的请求。陈婷结结巴巴地说：“我们认识时间很短，彼此都不太了解，现在见面，不合适吧。”

“这个……只有见面才能了解呀。”

“还是再等一些日子吧。”

放下手机，陈婷猜测：这个人会不会有什么其他企图？

另一头，马文勇也心存狐疑：这姑娘，怎么对自己的热情这么冷淡？或许攻势还不猛烈吧。不能操之过急，过一阵子再约她。此后一个月内，他五次约陈婷出来，均被拒绝。这下子，他有些焉了。

寝室里有个哥们，看到他落魄的样子，一脸坏笑地说："或许她和你没缘分，何必要这样折磨自己？"

马文勇瞪了一眼说风凉话的室友："你说什么？"见他眼里几乎要喷出火来，室友只好把话题扯到其他地方。

他和眼前的热闹格格不入，独自来到操场，闷着头跑了十几圈。他满头大汗地瘫倒在地上，看着黑色的天空。陈婷，你为什么不接受我？难道是我做得还不够好吗？

从操场出来，马文勇漫无目的地在校园林荫道走着。他拨通家里的电话，是奶奶接的电话。他忍不住向奶奶倾吐心中的苦闷。

"孩子，你不该泄气。谈恋爱，本来就该男孩子主动。或许这是她在考验你呢！你要经得住考验。再努力一把，她会明白你的真心。"马文勇从小就最听奶奶的话，原本快熄灭的"恋爱之火"，转瞬间又熊熊燃烧起来。

马文勇继续给陈婷打电话，他相信就是一块石头，也会被他的一颗红心捂热。两人的关系就这样不温不火地维持着。

## 3

月赛开始前一周，陈婷每天要在排练厅待十几个小时。由于压力过大，再加上极度不适应北京气干燥的气候，她出现发烧和扁桃体发炎的症状。她咬牙坚持，打了退烧针、吃了消炎药后，继续打磨参赛作品。

那天晚上，她和两位搭档刚从排练厅出来，马文勇的电话来了。听到她喉咙有些沙哑，马文勇询问她是不是身体不舒服？她说今天有些累，休息一晚就会好。“你不要太累，累了就多休息。无论你最终能不能闯关成功，你都是我心中的‘女神’。”

“女神”这个称呼，听上去有些刺耳。自己只有初中学历、长相一般，还有一个要照顾的叔叔，和“女神”的美誉完全不沾边。本来，陈婷希望通过态度上的冷淡，让马文勇知难而退。

她听过一些朋友的建议，觉得两人真心不适合。闺蜜的话听上去冷酷却很真实：“你已经过了浪漫的年龄，还是现实一点吧。找个和自己差不多的男人，三叔的事，你要做出一些妥协。至于你和马文勇，真心不看好你俩。”

与设想相反，马文勇却“步步紧逼”。刚抛出“女神”这顶高帽子，接下来发来几段自拍的搞笑视频。视频中的马文勇，做着各种搞怪动作，还发出古怪的声音。最后，马文勇咧着嘴说：“陈婷，祝你身体早点好起来，年终总决赛的冠军还等着你呢，你可不能爽约呀。”

“陈婷，你现在有空吗？我们出去走走吧。”马文勇的话，将陈婷从回忆中拉回来。他追到后台休息室。就出去和他走走，看他能玩出什么花花肠子。

从央视大厦出来，两人拐过几条大街，来到一家装潢考究的西餐馆，坐在靠窗的位置。眼前的一切，对于陈婷来说都是陌生的。一刻钟后，西冷牛排被端上来。陈婷仔细端详桌上的刀叉，不知该如何下手。她只得凑到牛排边，准备狠狠咬上一口。

马文勇看到这么滑稽的吃法，不禁“扑哧”一下笑出来。“哪有你这样吃牛排的？我来帮你。”

他将牛排切成长条状，将扎有一块牛肉的叉子递到陈婷手中。“吃吧，这种牛排是这家西餐店的特色。”

轻轻咬了一口，陈婷就吐出来：“这牛肉都没烧熟，生的东西怎么能吃？”马文勇彻底没辙，这是他关照服务员的，牛排要七分熟的。他本来想点五分熟的，就是担心陈婷吃不惯。没办法，他只好叫来服务员，让他们做成十分熟。

在等待过程中，陈婷又问马文勇：“你不知道我有个盲人三叔吗？以前有很多男孩子一听到这个，像躲瘟神一样跑了。难道你不介意？”

马文勇深情地说：“我就是喜欢你，更看重你能这么多年照顾你叔。现在能做到这点的女孩，实在太少了。”

面对马文勇的夸赞，陈婷却说：“你的话我担当不起。我只是做了应该做的事，你家人是什么态度？”

马文勇拍着胸脯说：“我父母当然是支持的，尤其是奶奶，更是我的‘强力后援团’。”

陈婷淡淡地说：“好吧。”

马文勇拿出一个紫色封面的笔记本，上面的字有些歪歪扭扭。

“这是什么？”

“这是我的日记本，以前我从来不写东西。自从认识你，我就有一种倾吐欲望，上面都是我想对你说的话。”

翻开第一页，那句话就很煽情：“感谢上苍，让我在人生的十字路口遇见你。你傻傻的样子，让我瞬间沦陷。”

什么？你说我傻？陈婷有点不高兴。别误会呀，“傻”不一定是贬义词，还可以理解为可爱、纯真。仔细看着这本满是情话的日记本，陈婷心中越来越感动。尤其是生病那段，马文勇更是流露出很担忧、很焦虑的样子。这个男生看上去五大三粗，心思却这么细腻。陈婷有些动心了。

在西餐馆待了两个小时，他们本来还要去看一场电影，陈婷却接到节目组的电话，说要临时彩排。送陈婷回去的路上，马文勇还在药店为陈婷买了枸杞、黄芪和胖大海。“你排练很辛苦，吃这些东西对嗓子好，又能增强抵抗力。”马文勇亲眼看着陈婷走入排练大厅，冲她挥了挥拳头，为她加油鼓劲。

## 4

此后有一段时间，马文勇没有联系陈婷。这种情况，自从两人认识开始很少发生。会不会马文勇遇到什么麻烦事？陈婷这才意识到，一直以来都是马文勇主动联系她，她从未主动关心过马文勇的情况。她拨打马文勇的手机号码，只听到“您所拨打的电话暂时无法接通。”

她开始有种不好的预感，会不会他不爱自己了？毕竟自己带三叔出嫁，他真的一点不在乎？即使他本人不在意，家人也不会这么豁达！或许此前奶奶鼓励他追求自己，也是他编造出来的，只是为了哄自己开心。排练中，还有点魂不守舍，心里像被猫抓了一般。这一夜，陈婷再次失眠，陷入痛苦和挣扎中。

几天后，陈婷手机上出现一个陌生号码。一接听，是马文勇熟悉的声音。“陈婷，不好意思，我的手机弄丢了，号码都弄丢了。我费了好大劲，才找回你的号码。”

“你知道吗？这段时间联系不到你，我很着急。”陈婷一不小心说漏嘴。听到这句话，马文勇心中暗自得意。这个傻傻的女孩，终于被自己的热情感化。

一个月后，年终总决赛第一场分赛的大幕正式拉开。陈婷再次和两位搭档过关斩将，拿到终极PK入场券。马文勇又一次现身这个舞台，演唱的歌曲是《月亮代表我的心》。最后他单膝跪地，奉上一枚钻戒说：“陈婷，嫁给我好吗？”这句话，或许陈婷早就想听到。她潸然泪下，点了点头。

走出中央电视台演播大厅，已经是凌晨时分。“马文勇，我肚子有点饿，要不我们出去吃点吧。”上次那家西餐厅早已关门，他们只好选择路边的夜排档。

马文勇要了两份肉夹馍、两张山东煎饼，陈婷狼吞虎咽。抹了抹嘴上的油，陈婷无意间看到无名指上的钻戒，她问马文勇：“买这枚钻戒的钱，是你打工挣来的吧。”

马文勇说：“不光是打工挣来的钱，还有奖学金。这笔3000元的奖学金，我没舍得花。再加上这两个月挣的钱，刚够买这枚钻戒。要是我能多打两份工，或许能给你买更好的。”

“别这么说，你能这么用心，我已经很感动了。”学生本来就没什么钱，能做到这点很不容易。此后两人见面机会依然很少，他要准备期末考试，而她也要为终极PK冲刺。幸好微信可以穿越时空，她敞开自己的心扉，把所有悄悄话都和他说。

最终，陈婷和搭档未能问鼎总冠军，但季军的成绩还是大大超过预期。马文勇此前曾答应陈婷，要来现场为她加油助威。比赛前两天，他却突然变卦，说临时接到一个任务，不能来现场了。陈婷很失望，心想自己是不是不该这么快答应他？这才过去几天，以前追自己的火热劲就减退不少。好在她不是一个斤斤计较的人，把所有精力都投入到排练中。

总决赛刚结束，陈婷的手机上就收到马文勇的祝福微信。陈婷假装生气地说："万里长征才走了第一步呢，别以为戴上戒指，我就是你的人了。"

马文勇回她一个哀怨表情："别呀，我是真有事，不要生我的气好吗？"

"好啦，我跟你开玩笑的。"

"你……"两人又打情骂俏一阵，随后马文勇很郑重地说："陈婷，我想在今年过年时来你家，你看方便吗？"

"这……好吧，不过你要做好思想准备，我家里很破的。你看到以后可不要嫌弃我。"想到那个盲人三叔，还有极其简陋的小屋，陈婷不禁有些担忧，提前给马文勇"打预防针"。

"不会的，我都把戒指戴到你手上，还会嫌弃你吗？"

## 5

去陈婷家的路上，马文勇有些忐忑不安，好像"丑媳妇见公婆"。当这座破旧的农家小屋真的出现在眼前，他还是被震惊了。他原先还以为陈婷在说笑，没想到情况比想象得还要糟糕。开门的是陈婷："你来啦。你的脚，怎么回事？"

眼前的马文勇，走路有些异样。"没什么，就在你参加决赛前几天，我打篮球不小心崴脚了。小伤，不碍事。"

"还说不碍事，走路都有些不顺畅。为什么不早点告诉我？"

"早告诉你，不是怕你担心吗？为了不影响你参加比赛的情绪，所以我只好……"听完这话，陈婷双眼有些湿润。马文勇见了陈婷的亲生父母和她三叔。三叔用粗糙的双手抚摸他，咿咿呀呀地说着什么。

这个家虽然简陋，却有着别样的温馨。长辈关心孩子、小辈孝敬老人，马文勇也被感染，动手帮着给三叔洗澡，三叔像孩子般高兴。看他这般亲近家人，陈婷彻底放下顾虑，迎接梦寐以求的爱情。

来陈婷家的第二天下午，马文勇和陈婷来到附近的集镇。他给陈婷买了一件六百多的外套，陈婷还想推脱，马文勇说："我们以后都是一家人了，还分什么你的我的。"

回家路上，天空开始飘起雨夹雪。他们没有带伞，马文勇让陈婷把新买的外套盖在头上。陈婷没这样做，居然脱下衣服放包里，宁愿自己淋湿。

"你这是怎么回事？"

"你买的新衣服，我不想把它弄脏。"马文勇感动得说不出话来。这女孩，傻得让人心疼。就是这种单纯，让他一辈子不愿意抽身离开。

晚饭后，陈婷带着马文勇来到河边。按照当地习俗，每年过年时，青年男女都会在这里谈情说爱。陈婷指着那些亲昵的男女，羡慕地说："你看他们多幸福。"

马文勇乐呵呵地说："羡慕别人干什么，我们也会有幸福的未来。"

江边的寒风，有些冷，不过两人的心是火热的。

就在当天夜里，马文勇在微信上晒出他和陈婷在沂河边的合影，还附言一句："你的傻，在我眼里价值千金。"赢得许多好友点赞。而陈婷的微信朋友圈，也是满满的红心。她终于等到这个疼她、爱她的男人，虽然这个过程有些漫长。

漫天飞雪，路上几乎没有什么行人。不远处，出现一对相互依偎的情侣。而在他们身后，留下了一串串脚印……

## 我很胖，但我很温柔

我该庆幸，在体重接近200公斤时，痛下决心，开始一场艰苦卓绝的“减肥反击战”：不吃零食和饮料，控制三餐的卡路里摄入，疯狂运动，体重终现断崖式下跌。

“哟，你怎么变得这么瘦。来来来，快传授减肥秘诀。”单位里一些偏胖的同事，把我围在中间，渴望得到秘不可宣的“葵花宝典”。

“有什么秘诀啊！就是少吃、多动。”我的答案，像一盆冰水瞬间浇灭他们的热情。

### 1

他体重有200公斤，记住，是“公斤”而不是“斤”。

如此肥硕臃肿的身材，应该很难找到漂亮女友。这就是你的不对，他确实很胖，但他同样是温柔的、懂得关心人的。就冲这点，女生也会心甘情愿地以身相许。

他叫乔治，出生在美国芝加哥。他的童年，因亲生父亲的离世变得凄惨。两岁时，生父在与小偷搏斗过程中，不幸身中数枪，经抢救后不治身亡。

父亲死后，喜欢社交的母亲耐不住寂寞。家里始终很热闹，母亲时常会请来一大帮朋友开派对。就在一次派对上，母亲结识一个高个子男人。相识才三个月，他们就决定结婚。

乔治的继父是一个酒徒，成天在家酗酒，经常喝得醉醺醺的。遇到不畅快的事，他就拿小乔治撒气。除此之外，他有一种可怕的方式折磨乔治。他会做很多食物，逼着乔治一口气吃下去。如果不吃，就用棍子打他。最多一次，乔治被逼吃下三个汉堡、三个披萨、十二个鸡蛋。吃完这些，乔治饱胀得直想呕吐。继父看到他难受的样子，还在一旁哈哈大笑，咒骂他是个“饭桶”。

乔治有过反抗，但继父用刀背打他屁股，一边打一边还说：“你再敢说‘不’，我就用刀劈死你。”那把明晃晃的砍刀，高高举过乔治头顶。他强忍泪水，无奈地将“美食”送入口中。

从4岁到10岁，整整六年暴饮暴食，体重迅速飙升不说，还造成日后糟糕的饮食习惯。

16岁那年，母亲因急性肺炎过早离世。和他没有任何血缘关系的继父，自然从他身边消失。

他不得已在孤儿院住了几年。就是这几年，却成为塑造乔治人格的关键时期。里面的工作人员很好，生病时得到精心照料，让他得到童年难以感受到的温暖。此后，他发过传单，做过外卖打包员。23岁时，他成为俄亥俄州一所基督学校的学生。

三年后，他从学校毕业，进入一家金融机构工作。然而2008年席卷美国和全球的金融危机，使他成为失业大军中的一员。全美经济不景气，找工作比较困难，远在大洋彼岸的朋友向他发出邀请："你来中国吧，这个国家发展前景很好。"乔治的中国之行有两个目的：一是缓解失业的郁闷；二是寻求在中国的发展机遇。

乔治出机场的第一顿饭，是在北京一家四川餐馆吃的。他身上带的钱不多，没点什么菜。他旁边坐着一位小伙子，主动说要请他。那人点了一桌子菜，不管乔治连说"够了、够了"。付钱结账时，乔治提出AA制。但对方豪爽地说："说好了我请你，怎么能让你掏腰包。"就这样，他白吃了一顿饭。

租好房子、办完相关手续，差不多用完了身上的钱。当时，乔治找了一份兼职英语老师的工作，刚做了几天，还未到结算工资的时候，一下子手头捉襟见肘。他不得不在朋友圈求助，却收到一条"陌生人"发来的消息。

想了好一会儿，才记起他任职的那所英语培训学校的学生。他只给这个学生上过一次课，对方却愿意借给他两万元钱。正是这笔钱，帮助他度过短暂的经济危机。

这两件事让乔治很感动，因为在美国，陌生人之间很少互相帮助。他爱上了勤劳朴实的中国人，更坚定在这里发展的决心。乔治想过开办自己的公司，但因为工商手续问题而搁浅。而兼职老师的工作，又不足以支撑基本的生活需求。正巧他在求职网站，看到有一家英语培训学校，招聘"从事外国教师的引进和培训"的工作人员。他觉得这个工作适合自己，把简历投到指定邮箱。

几天后，他接到公司人力资源部的电话，通知他后天下午去面试。当时还不知道，自己收获的不仅仅是一份工作，还有梦寐以求的爱情。

## 2

面试他的是一位身材高挑、骨感的美女，让他有种触电的感觉。面试中，他发挥得很出色，美女HR频频点头。谈完正事后，乔治笑着对美女说：“我可以问一个工作以外的问题吗？”

美女点点头，他大言不惭地说：“方便告诉我您的手机号码吗？”

这位美女愣了一下，很快缓过神来。她理解中西方文化的差异，直接拒绝他不合适，只好说自己忘了手机号码。

自己手机号码记不住？这不太可能！乔治依旧不死心，说可以问她的朋友。美女心想：看来自己遇到了愣头青。她只好说朋友们都在上班，没时间告诉他。见对方如此坚决，乔治只好快快离开。

那个晚上，乔治辗转难眠。她有些冷艳，没有美国女孩的热情奔放，却从另一个侧面激发起乔治追求她的想法。那阵子QQ聊天颇为流行，只要有这个即时聊天工具的帮忙，不愁自己无法得手。只是如何搞到她的QQ号码呢？还是先接近她，再找机会“下手”。

第一天上班，乔治打听到这个美女的名字。她名叫王秀玲，出生在黑龙江，是这家培训机构资深的HR。来到王秀玲的办公室，正好她有事不在，办公桌上的电脑却开着。更让他兴奋的，是QQ头像不停闪动。

他趁人不注意，把王秀玲的QQ记录下来。正在他暗自得意时，一双大手揪住他：“你在干吗？这是别人的隐私！”抓住他的是一位男士，脸上带着怒气。他只好坦诚相告，对方还算好说话，说愿意替他保守这个秘密。

王秀玲稀里糊涂地加了乔治为好友。她还在纳闷，这家伙怎么搞到自己的QQ号码的？一连好几天，都是乔治在唱“独角戏”，王秀玲没有说一句话。直到一周后，她再也忍不住，希望解开心中的疑团。乔治开玩笑地说：“QQ号是上帝给我的。”

这个老外有点意思，两人交流慢慢多了起来。乔治经常约她去吃饭、去看电影。不过王秀玲把两人关系控制在网上，不希望在线下发展。乔治有点沮丧：难道这个美女看不上自己？是不是自己太胖了？

两人的关系，就这样持续了大半年。2010年七夕节这天，王秀玲突然问乔治有没有空？原来，她和几个闺蜜都没有男朋友，在这个特殊的日子，突然觉得有点空虚寂寞，需要有男生陪伴。乔治一直对自己死缠烂打，正巧借这个机会考察他。

乔治一开始还丈二和尚摸不着头脑，通过一些朋友，才知道七夕是中国情人节。美女主动邀约，乔治当然屁颠屁颠地去了。和王秀玲、几个闺蜜吃完饭，他们又去KTV唱歌。乔治的阳光，对身边的王秀玲很照顾。考核顺利通过，王秀玲决心迈出这一步，正式和乔治确立恋爱关系。

## 3

恋爱将近一年，王秀玲没和父母透露一点信息。她担心乔治不是真心对她，只是把恋爱当作游戏。随着交往深入，她越来越觉得乔治是一个靠谱的男人，值得托付自己的一生。不过，她父母的思想都比较传统。自己找个洋老公，他们能答应吗？

为了留有缓冲余地，王秀玲通过妹妹把这个消息告诉母亲。当王秀玲的母亲得知女儿找了一个洋女婿，当时也没怎么当回事，还开玩笑地说：“把女儿嫁出去，我也就省心了。至于是什么地方的人，倒不是很要紧。”

不过她提出一个要求：寄一张准女婿的照片。王秀玲寄来一张乔治的半身照，母亲一看就觉得这个男人有点胖。她还担心自己眼神不好使，又让女儿把电子照片发到邮箱上，让几位老姐妹来参谋参谋。

结果大家的意见一致，都说这个人太胖了。母亲心里特别不舒服：女儿怎么能找大胖子做丈夫？这婚事，我反对。

乔治听到王秀玲和母亲的通话，心里酸酸的。身材肥胖，一直是他的“阿基里斯之踵”，总会被人有意无意地提起，让他的自尊心被伤害。现在丈母娘也拿这说事，并阻拦他和王秀玲在一起。以后该怎么办？

不过在王秀玲面前，他不能流露出任何不满：“亲爱的，你父母肯定是好人。即使他们暂时不理解，我相信通过我的努力和诚心，也会打动他们的。”

王秀玲深情脉脉地看着他：“乔治，真难为你了！其实我是个很普通的女孩，却让你付出这么多。”

乔治拍拍她的肩膀说：“你说什么呀。我是一眼就看上你，受这点委屈没事。”

此后，王秀玲和家里联系过几次，父母依旧不同意。母亲还说，等天气转暖，要专程去北京一趟，亲眼看看乔治的样子。

王秀玲的母亲来到北京，看到乔治第一眼，就皱着眉头，同时嘴里还不停咕哝：“怎么这么胖呢？”后来听王秀玲说，她母亲把自己比作相扑运动员，坚决反对两人在一起。

王秀玲安慰乔治：“别担心，我的婚事我自己做主。如果爸妈不答应，我们就闪电结婚。”

她回了一次黑龙江，向父母表明了自己的态度。回来后，两人就去了民政局婚姻登记中心，把结婚证领了。结婚后没多久，王秀玲就怀上了孩子。

大儿子王恩出生。给孩子起名字这个问题上，乔治显得很大度：“我老婆姓王，就随他们家姓，我们外国人也不讲这个，而且王有天王的意思，是上天眷顾了我，才有如今这么幸福的生活。恩，则意味着这是上天给我的礼物。”

## 4

“生米煮成熟饭”，王秀玲的父母不好再说什么。在王秀玲坐月子时，她父母搬过来住，美其名曰“帮助照顾孩子”。

这种情形让乔治哭笑不得，在美国，只要孩子长大成人，父母不会和他们住在一起。现在两代人同在一个屋檐下，肯定会有很多不便。

后面的情况，果然如乔治所料。丈母娘的生活习惯，在他看来有些不可理喻。卫生间内摆放着很多脸盆，用途各异；家里还出现很多粘钩，挂着衣服、钥匙等杂物。最让他难以忍受的是孩子使用尿不湿的问题，丈母娘也提出异议。她认为尿不湿密不透气，对孩子身体不利。反正自己做出什么决定，丈母娘的意见必定与他相反。

乔治心里很清楚：要和妻子生活幸福，首先要过丈母娘这关，只能想尽办法讨丈母娘开心。丈母娘打牌，他就陪她打牌解闷。至于洗菜、整理房间等家务，他做得都很认真。只要丈母娘一声吩咐，他就会不折不扣地完成。“路遥知马力，日久见人心”，丈母娘开始喜欢上这个女婿。

后来乔治换了一份工作，每天下班时间比较晚。丈母娘都会问他有没有吃过饭，如果没吃，还会问想吃点什么。有一次，乔治提出想吃宫保鸡丁，然而丈母娘不会做这道菜。为了满足他这个愿望，丈母娘特意找来四川朋友，专门学习这道菜。几天后，当这道色、香、味俱佳的菜肴呈现在乔治面前时，他差点感动得哭了。

2014年初，王秀玲又怀孕了。九月，乔治的小儿子王革降生。乔治说：“革，是希望他可以带来希望和改变。”有了两个孩子，乔治身上养家糊口的担子更重了。

幸运却在此时降临。华裔脱口秀笑星“北美崔哥”，诚邀他成为北京首演的搭档。那是几个月前，他无意间在网上看到一条消息，说北美崔哥希望在中国找寻合作伙伴。当时，他发给对方一份个人简介。他一向搞怪幽默，在基督教学校时还演过小丑。去面试过几次，也没抱很大的希望，因为他听说有上千人递交了申请。

最终，他成为这个幸运儿，乐观自信地出现在“北美崔哥”北京脱口秀首演的舞台上。他的身材，本身就含有笑点。再加上独有的乔氏幽默风格，更让他拥有众多粉丝，还登上了北京电视台“环球春晚”的舞台，让全国观众都知道有这位外国胖小伙。

成为公众人物，并不是乔治生活的全部，希望切切实实做点事。在兼职培训老师的过程中，他发现这个行业鱼龙混杂。很多外籍教师的英语并不地道，教学时缺乏责任心，当着学生面抽烟，还常常教给学生一些错误的东西。更可怕的是，他们还会给学生大麻，甚至给七八岁的孩子讲黄色笑话。目睹种种乱象，乔治决定和妻子创办一家公司，对从事外语教育的外籍教师进行培训，为各个培训机构输送高素质的外国人才。

乔治的公司终于通过工商审核。公司起步期，他的两个孩子都很小，需要人照顾。好在有王秀玲父母分担，他和妻子才不至于手忙脚乱。不过无论他工作再忙，每周也要抽出整整一天时间陪伴孩子。大儿子王恩已经三岁，总喜欢在他身上玩耍、乱爬。尽管把自己弄得很累，但他总是乐呵呵地对孩子。孩子成长过程中，父亲的角色不能缺位，他宁愿自己累一点。

这年圣诞节，乔治很早就开始张罗买东西。他把圣诞树支起来，将买来的礼物挂在上面。圣诞节这天，一家人享用他亲手烹制的圣诞大餐，还收到他精心准备的礼物。

无论去什么地方，乔治都会买礼物送给妻子。哪怕这些礼物的价值并不高，也会让王秀玲十分感动。

不过，家人担心乔治过度肥胖，会影响他的身体健康。在妻子的鼓励下，他开始艰难的减肥历程。一开始锻炼时，他几乎什么没做就气喘吁吁、满头大汗。

锻炼近半年，他终于能一口气做几十个仰卧起坐、俯卧撑，还能做一些柔韧性动作。

如今，乔治在北京安家已有五年。他对妻子王秀玲很好，结婚几年来从没红过脸，每件事上都让着她。他对目前的生活状态很满足。上天赐给他一个温柔贤淑的妻子，还有两个漂亮的混血儿子，他不会有太多奢望，唯愿这样幸福美满的状态能一直持续下去。